女綾織唄

喜舎場 直子

目次／女綾織唄

女綾織唄

第11回新沖縄文学賞受賞作
初出誌
『新沖縄文学』66号（1985年12月30日）

正午に那覇を発った。すぐ乗り継げば、夕暮れには村へ着くはずだ。由起は白昼に村の人たちの前に身をさらしたくなかった。闇に紛れて村に着くために、名護の路線バス発着所で時間をつぶしたのである。

ここ名護は、山原といわれる北部の中心地で、沖縄の首根っ子に当たる。徒歩が唯一の交通機関であった頃、首里や那覇の士族から少し軽蔑の含みのある呼ばれ方をした山原であるが、時世が変わり、今では「山原路」と情感を込めて呼ばれるようになった。開発の手がおよばず、昔ながらの自然のたたずまいを多分に残しているからであろう。

街に住んでいる北部の者にとって山原はここから始まるのであり、ここまで来るとようやくふる里へついた、という気分になるのであった。北部一円の人々の交差点であり、一日に幾台もバスを呑《の》み込み、人々を方々へはき出す。南からの乗客は、長いバスの旅にうんざりし、青白い顔で車を降りるが、一息ついて村行きのバスに乗り込む時は、街の顔をぬぎ捨てて優しい親しみ深げな顔になっている。

待合室では時には同郷の者や同窓の知友に出合うこともあり、手を取り涙ぐむ姿もみられる。高校生たちは上気した顔で、他愛のないことをさしも重大な出来事でもあるかのように手振りよく話し、大人たちはきびの収穫、パイナップルの植えつけ、ミカンの出荷の話などに夢中だ。

また山原の人は誰も皆、はばかりのない大きな声で話す。耳が遠いわけではなく気性が荒いわけでもない。海の広さ、山の深さ、木の豊かさ、地の豊穣に見合った伸びやかな対話が、自然の習いになっているだけだ。

くすんだ床、ふるく汚れたちりかご、売店にぶらさがった島バナナの黒ずみ、客の間をさりげなくすり抜ける犬も、どれもみな、その場にふさわしく、人々をおちつかせてくれる。

しかしながら、今の由起にはなじんだそういうものが、うっとうしく感じられ、人目を避けて隅のベンチに肩をすぼめていた。さまざまな思いが胸を去来した。肩の張った無様に大きなあの男さえ来なかったら、由起の屈託は何もなかったはずだ。

福岡県出身の西村隆之と暮らすようになって、半年が経っていた。自衛隊員の彼の休暇の日だけの同棲だったが、淋しくはなかった。結婚適齢期といわれる頃、幾つか縁談があった。なぜか皆立ち消えになった。三十歳の時上司と秘密の親交を持った。しかし、一年も続かなかった。身も心も傷ついた。四十になって、もう夢見ることもうせていた。すべてが、陰気に見え、ものうく感じられていたからである。結婚を諦めていた。そんな由起にとって隆之の出現は、毎日が澄んだ空気にひたされ、柔らかな日差しに、身をゆだねているような心の底からはじけるものがあった。

由起の心の隅にほんの少し、うしろめたさがあるのは、田舎の母や祖母に知らせていないことと、隆之が自衛隊員であることくらいであった。いずれきちっと話して許してもらうつもりであった。


半月ほど前のある日、コン、コン、と由起のアパートの鉄製の扉がノックされた。由起が、ハンドバッグをベッドにほうりなげ、ガスレンジのスイッチのつまみをひねった時であった。

(隆之かしら)という期待がよぎった。しかし、彼の訪問は、日曜の午後のはずであった。帰れない週があっても、きまぐれにもどることはない。自衛隊の規律の厳しさを思い知らされる律儀さであった。

ひねりかけたガスのスイッチを元に戻すと、ドアのノブを握った。ほんのちょっと、マジックアイをのぞくべきだったかなという思いがよぎった。

「どなたですか」

うわずった声のいきおいと、隆之かもしれないという期待が重量を加えて、戸は外にはじけた。逆光の中のシルエットはゆっくり形を整えた。見上げるような、大きな男であった。由起は意外な陰にたじろぎ身構えた。

「警察の者です、中村由起さんですね」

胸底からしぼりだしたような粗い声に、辺りの夕もやがひと掃きされ、ニキビの痕跡が熔岩のように固くなった顔が形をなしてきた。750ccのバイクに跨がって国道を突っ走っているほうが似合っている大男である。広い顔に小さい目がひどくバランスをくずしていた。由起は返事をせずだまっていた。由起の歓迎しない様子を察したらしくあつかましく中へふみこんだ。

「警察手帳を見せてください」

ふりしぼったかすれ声で、しぼりだすように言った。

男は自分が強盗か暴行魔と間違えられていると気がついたらしく、いまいましそうに手帳を取り出してみせた。顎の張った熔岩顔の男は由起があなどれない相手であると思ったらしく、

「ちょっと協力してくださいよ」

と言いつつ素早く部屋の中を、その鋭い眼光でうかがった。由起はその職業になれきった無神経な態度が不愉快になってきた。

「この男知っていますか」

隆之の写真である。アロハシャツを着たひどく細身な隆之が写っている。

(なんの為に隆之の写真を持ちあるくのかしら)と、けげんな思いで男をみあげた。由起の脳裏を、(轢き逃げでもしたのかしら)それとも(刃傷ざた?)という不安がはしった。

「どうして主人の写真を……」

「主人ではないでしょう」変にからんだいいかたをする。

「夫です」主人という言葉に論議のあることを思いだし言い換えた。

「法律上は……」

「ほうりつですって」男のことばをさえぎって由起はいった。

「内縁の妻といいたいのですか」男が笑ったとおもった。(いやな奴)と男をみすえたがなんとしても悔しいことであった。一度隆之が、入籍してもいいといったことがある。しかし届け出をしなかった。母が自衛隊や隊員をいまだにひどく嫌っていることが、心にかかっていたからである。母にかぎらず、この島では自衛隊の存在は世論を二分する大きなできごとであった。それは、戦争で地獄を見た者の、本能的な拒絶のように由起には思われた。隆之と暮らすようになり、はじめうしろめたさもあったが、日々その思いは薄れ、むしろ、「勤め口がなく入った。隊の者は貧しい田舎の者が多い」と聞かされると、身につまされてしまう。

隆之は二度と籍のことを口にしなかった。二人の生活に何のさしさわりもなかった。由起は、入籍していないことで、自分たち二人の関係が傷つけられていることが、悔しかった。

「毎週くるのですか」なにも話したくなかった。男はポケットの手帳をちらつかせた。

「日曜の午……」語尾をにごすことでさからった。男はたてつづけに質問すると、

「彼が立ち寄ったら知らせるように」と言って帰っていった。

男の後ろ手に閉めた戸は、由起の制止もはねのけて、バタンと金属製のヒステリックな音をあたり一面にこぼした。急いでドアをロックし、部屋をはつかねずみのよう

に、動きまわるばかりだった。心臓をはじめ、すべての臓腑が無重力の中にいるように、心もとなく浮遊しだした。足は五体を支えきれず、いくどもつまずいた。

「由起ちゃん……じゃないの……」

突然肩をたたかれて由起はびっくりした。バスの待合室にいることを、すっかり忘れていたようだ。警察官に呼ばれたのかと思い、ひやっとしたのである。振り向くと律おばさんである。律さんは、由起たちが小さいころ、いつも両手を藍いろに染めていた。律さんの母親にあたる人もそうだった。幼い記憶のなかで、その青い手がひどく不思議なものにおもえた。由起は人目を気にしなければならない自分が情けなかった。

「由起ちゃん、休みなの」

小柄な律さんは、由起を見上げるようにして言った。休みでもないのにどうかしたの、なにかあったのね、と問いたげな目が、しつように由起の瞳の中をまさぐった。律さんはそんな意地の曲がった人ではない、それは由起がよく知っている。山原の人なら誰でも交わす、さりげない挨拶を素直に受け止められないいまの由起なのだ。

「そんなに痩せちゃって」

由起は、答えの代わりに曖昧な笑いを返した。なにもかも見すかされているような気がした。この数週間で五キロは痩せたろう。あの刑事が訪ねて来た日から、せっぱつまった気持ちで隆之の帰りを待った。いつもの日曜日は愛を交わす期待に体がうずき、朝からうきうきしたものだった。熔岩づらのあの男の思わせぶりな言葉がひとつひとつ思いだされ眠れない日が続き、けだるい、しかし頭の芯だけが異常に覚醒した朝を迎えた。

隆之のために、念入りに身づくろいをし、食事を整えた。アパートの階段を何度いききしたろうか。午後が過ぎ、夜が来て、二人にとって大事な日が終ろうとする頃になっても、隆之はやってこなかった。由起は自分の感情を処理しかねた。孤独が足を這い床を浸し、部屋に満ち、絶望のあまり死んでしまうのではないかと思った。そうでなかったら発狂してしまうかもしれない、と考えた。

どうしたんだろう、行き倒れ、交通事故、いろいろ考えた。あるいは九州へ帰ったのだわ。もしかして、急な隊の任務で連絡が出来なかったのかしら。悶々とした日が過ぎた。食事の意欲を失い、萎えた植物のようにうなだれていた。

「ふけたね」といわないだけこの人の思いやりなのかもしれない。祖母似で丸っこい顔だちは、あまり老けないと言われ、年齢より十歳も若く見られることすらあった。それが今、化粧もせず、頬のふくらみを削ぎ落としている。四十余年の生活歴を、くっきり浮きだせているに違いない。由起は律さんと目が合わないように、足もとをみていた。

「生年祝いの買い出しにきたのよ、区長さんに頼まれてね、ほれこんなに」

律さんは由起に気を使ってことさら明るく話しているようであった。

「おばさん次のバスに乗るんだけど……」一緒に帰ろうということである。普段なら喜んでそうさせてもらう。律さんには悪いが、今は一人でいたかった。二時間ちかくも合い席していたら、人生経験豊かなこの人の誘導に打ち勝つ自信はない。あらいざらい吐き出してしまうだろう。

「私……、人を待っていますので、遅れるかもしれません」

とっさに、人を待っているといったので、律さんは一瞬好奇心をのぞかせて、辺りをみた。自分と隆之のことが知られているはずもないのに、由起は顔を赤くした。田舎は楽しみが少ないだけに、遠く、那覇で起きたことでも、村の者に関することは、電報ゲームのように、村の人びとの唇の上をキャッチボールされていく。醜聞の場合は一層早く噂がかけめぐるからだ。

由起は村の人たちの、「イキガ（男）ぬ居いんでやー」と言う、囁きを聞いたような気がした。

律さんが行ってしまうと、由起は、もっと肩をすぼめて小さくなった。村へ帰るのがうっとうしく思えてきた。やっぱり来るんじゃなかった。帰巣《きそう》本能とでも言うのか、隆之のかえりを待って、悶々としていることに疲れ、名護行きのバスにとび乗ってしまった。

これからでも引っ返そうかしら、そう思って立ち上がり、発車場の方を振り向くと、那覇行きのバスがエンジンの音を残して走りだしたところであった。もう間に合わない、観念して由起はもとのようにうずくまり、苦々しい想念の中にひきもどされてしまうのであった。

バスは、市内で車体が膨れ上がるほどに、人を詰め込んだ。そして各停留所に必ず人を吐きだした。これだけの人が由起の村の近くまで、ついて行くのかしらと考え不安になった。しかし、源河川を過ぎると、由起の心配をよそに降りる人も、乗る人も無かった。

西の水平線深く沈んだ日は、名残りの紅もすっかり掻き抱いて、海は沈黙していた。どの村の入口も人影はなく、寂れたベンチにその村の匂いを漂わせた空気がくぐもっていた。一カ所、役場で一ぱいひっかけた吏員風の男たちが、地酒の臭いを引っ提げて、けたたましく乗り込んできた。明るい車内灯をあびて、いごこち悪いが、しかし、孤独な空間を確保していた由起は、迷惑な乗客に一瞥もくれまいと、じっと海を見つめていた。冷たい北風が、ここぞとばかり雪崩込み由起の顔や髪を激しくうった。由起はそれにもひるまず、凝視する。暖かい沖縄にも、しばし冬はある。特に、北部の海は、黒く、深く沈み荒涼と広がる。

「君の言っていることはだね、村の目玉は自然を保護することだというが、自然では村政はまかなえんよ、企業誘致だね」

「企業誘致には、絶対反対ですよ、自然がなにものにも勝って感謝される日が、早晩やってきますよ」

「開発だよ。村は活性化せんね」

「村おこしの計は、五十年、百年、先を見越してかからなけりゃ……」

「まあまあ、お二人さん、もめないでさ。それより新聞の投書。どう思いますか。シークヮーサーと言う呼びかた……」

「そうそう、あれは芭蕉をきれいにするシーだからシークヮーサーでよろしい」

「僕もこだわらんね」

男たちは、ありったけの情熱を傾けて、議論の続きを試みているが、言葉はかみあわず相手の音声めがけてことばのきれはしをなげつけているだけである。由起はその男たちの声のなかに、どこかで聞き覚えのある声を聞いた。男たちは途中の村で飲みなおすらしく降りていった。そのとき、先輩たちをなだめている、色の浅黒い大柄な男と視線があった。親しい人の中にそんな深い目をした人がいたような気がした。


村には二カ所、停留所があった。田圃を包みこむように、ふところ深くたわんだ川が、村を二分する形で、突然海に注いでいる。そこに橋がかかっている。その橋は、幼いころ川へ飛び込みをした、頑丈な造りのイメージはない。飛び込み台の欄干も、度重なる暴走車の、いわれもない仕打ちを恨むかのように、折れくぼみ、そして苔むし萎びている。

川は、伐採された琉球松や椎の木の怨念で、せせらぎの体で、ようやく川の体面を保っている。

橋の手前と越した所と、二カ所にバスは人を運ぶ。由起はそのどちらに、ひっそり、しかも風の音をふるわせずに、忍びやかに降りたつかを思案していた。手前の停留所は村屋《むらやー》に通ずる道である。時間がまわることを止めてしまったような村の、噂好きな人びとの餌食になりかねない。おばーたちの臼太鼓の稽古が行われているかもしれないし、最悪の場合、村中の者が集う常会に出くわさないともかぎらない。由起は身ぶるいした。一つ乗りこしたら……。雑貨店があり、母や村の女たちの仕事場である、芭蕉布の工房がある。しかし工房は夜は仕事をしていないであろう。気になるのは、見ると必ず一言何かひどく人格を傷つける言葉の剣を投げつけるか、疑い深く立ち入った興味で相手のよろいをおしわけ入ってくるタネおばーの家の前を通らなければならないことである。

停留所の向かいの雑貨店に、あかりを背にして人影があった。由起は、そっとバスを降りた。そして足ばやにバス停の外燈の下をくぐった。こんな時は、上背のある身がうとましくおもえた。店の前に人待ち顔でたたずんでいる一群の中に、タネおばーの姿を見たような気がしたからである。

「名護で会った律さんから聞きつけたんだわ」と由起は思う。

今年トゥカチ（米寿）をむかえたタネおばーは、由起の祖母の四歳下の妹である。停留所のすぐ近くに家があるために、村の者の動きをいち早く察知しふれまわるのでパークーと渾名されている。由起は、苦手なおばーの視線を背に感じ、足ばやに立ちさった。


由起が、バスを降りたところは村へ入る北口にあたる。浜辺にうずくまるように、十軒ほどの人家がふしている。道の両側は、今は大方甘蔗や藺草田に姿を変えているが、かつては一面金色の穂波に包まれる、豊かなターブク（田圃）であった。遙か先のターブクの奥の谷合いから、山々の水を集めて流れる川が、由起の村へさしかかるところに、二つ目の橋がある。水浴をしたり、洗濯をしたり、川にまつわる懐かしい思い出はつきない。

由起は、小さくなった橋に胸をつかれる思いがした。ずいぶん高く、堂々とした橋だと思っていたが、それほど高くもなく、長くもない。

橋のたもとの外灯に蛾がむらがりもがき、舞い狂っている。由起はそっと欄干により川面に目をやった。水面がゆれている。北風が川面をなでているのであろう。由起はその時バスの中の男の目を思いだした。

(中村の傑《すぐる》兄さんだわ)高一の時、テニスの練習で遅くなった由起を、ここで待っていた先輩の中村傑のことである。とうに記憶の外へ消え去ったことであったろうに、同じ時と場所という条件がそろったためか、思いだしていた。

《小学四年生の時のこと覚えているか》

《なんでしょうか》といいながら由起は顔を赤くしていた。先輩のいっている意味がわかったからだ。

四年生の夏、由起たちが、その橋の下で浴びていると、同級生の男の子たちが下流から現れ、「ハイザー、ハイザー。ホーハイ、ホーハイ」とはやしたてた。シミーズを着ていたが、胸のあたりがはっきりそれとわかった。また、パンツをはいていなかったから、たしかに「ホーハイ」なのであった。水の中は足がもつれ、前へ進まない。由起は、気ばかりあせって、とうとうころんでしまった。そして、水をがぶがぶ呑んで、おぼれた。気がついた時、傑兄さんに抱きかかえられ川のふちに運ばれて行くところであった。透けて見える体のことが恥ずかしく、ひどくもがいて、傑兄さんの腕をすりぬけた。シミーズがめくれて、恥ずかしいところを傑兄さんに見られてしまった気がして、その後まともに顔をあわせるのがつらかった。二つしか年長でないのに、抱き上げられた腕の感触が、心にのこった。（ほんとの兄さんだったらいいなー）とひそかに思ったものである。

《アルゼンチンへ行くことになった。写真がほしい》

と言うと由起の返事も聞かずに、村の方へ駆け足でたち去ってしまった。由起は、その後ろ姿が闇に消えると泣きたいような、哀しい気持ちになった。彼の一家が、何時村を発ったのか、とうとう由起は知らなかった。傑兄さんは、なにも言わなかったけれど、自分の感情を、由起に注入して行ったようだった。由起は、しばらく切ない感情を抱いて暮らした。

（人ちがいだわ）

由起は川の上流で、フナであろうか、川魚の跳ねるのを見た。その、静寂を破る水音に我に返り、センチになっている自分に気がついた。何時ものことだけれど、村へ帰ると純真だった頃の自分に、素直な子供に戻っていく気がした。由起は夜道を急ぎながら、盆正月にも帰省していない、隆之に溺れ切った自分を省み、目前に見えてきた家の敷居が、高く感じられてならなかった。

村屋の方からは、臼太鼓《うすでーく》のつづみの音が聞こえてくる。薄墨色の夜道にただよう音は村を包み、木々や青草の呼吸にともなって発する匂いとともに、故郷に戻った安堵の心を確かなものにしてくれる。屋敷を取り巻く闇に抱かれて、ウーを積む祖母の姿が、そこだけスポットライトのように、明るくおばーをうきださせている。由起は、一瞬たちいるのがはばかられた。

「おばー」とそっと言ったつもりが静寂を破るように響いた。おばーは、

「由起、帰って来《ち》えさヤ」隣から帰った子にでも言うようにいった。

「昨日、今日のうちにきっと戻ると思っていたさ。勘が当たったよ」おばーは昔から、直感のよくきく人だった。九十を過ぎても変わらないようだ。

「ごめんね。かえれなくて」盆、正月のことを詫びた。おばーはそのことには頓着せず、

「ソーキ骨汁温めてとらさヤー」とリュウマチ病みの足を引きずって台所に立とう

とした。久ぶりに戻った孫をいたわってくれているのが、痛いほどに伝わった。由起は、おばーを引き止めて、台所へたった。

「お母ーは」

「踊りの練習だよ。生年祝いが近さくと。ほれ、聞こえているだろう」……うまるわー村よ……おばーは、村音頭の最後を唱和してみせた。村音頭のメロディーも、歌詞も、それを聞くと懐かしさがこみあげてくる。

つづみの音だけかと思っていたが、ここからは女たちの歌ごえもよく聞こえていた。昔は祖母が、臼太鼓を踊りにと出掛けていった。何時のまにか、母がかわる年になっている。

「ゆき、帰えとーんでヤー」

由起がおばーに、帰省の挨拶も十分せぬうちに、ゴムぞうりの音をバタバタいわせながらタネおばーがやってきた。停留所で由起を見逃して、いそいで追っかけてきたのであろう。

「ぬーやがタネー、あんし大息ソーソー。急ぎヌ用やんナー」おばーは、からかうようにいった。タネおばーの来訪の意図はおみとおしなのだ。由起は、おばーの背に隠れるようにして、タネおばーの視線をそらせた。

「隠れんでもしむさニ、わん難儀しみティ」

「用事のあラー、家から来しるほんとうドー。ぬーヤガ」

「姉さん、ゆきーヤ男ぬ居いんでドー。常子ーから電話ぬあてよー」由起のアパートにまたいとこの常子が訪ねてきたことがある。一度だけ隆之がいた。あいまいに言っておいたのだけれど……。こんな形で祖母や、母に知られたくなかった。そっとおばーをみた。おばーはほんのちょっと口ごもったが、すぐ、

「そんなこと言うために来やんなアー。難儀さあーヤ」

ときっぱりといった。

「心配るそーるむん」

「自分から、心労の種かめーて歩くとこーぐ（背）曲がいさ」

「ちっとも心労あらんムン」タネおばーもまけずに言葉をかえした。

「楽しみやらヤー。やしがあいにくヤサ。由起や後勝い《あとまさ》婿《むーく》見つけてあるよ。律ちゃんがもってきてあるヨー」おばーは何をいいだすんだろうと、由起ははらはらした。

「由起、茶ー出じゃセー」

由起は茶を出すのを指摘されて、大きな失態をしでかしたように思った。由起の家では、客が来るとすぐ茶を出すのが習いだ。道から通る村の人を呼び止めて一服すめるくらいだ。そして、水屋にあるものを、あれやこれや出してもてなすのである。村の人たちも喜んでくれるし客の喜ぶのをみて祖母は満足げに顔をほころばせるのを、由起は小さい時から見てきた。そういう客のもてなしかたを身につけてきた。それがいま、祖母に促されるというのは、全くの不覚であった。

由起は、茶と一緒に、さつまいもを皿に盛って出した。

「珍しいもんあったネー」

「隣からいいたセー」

タネおばーは、遠慮もなく、芋をおいしそうに頬ばった。そして、由起をしげしげとみやって言った。

「ゆきー、かさぎて（妊娠）うらんなー。アンシ痩せて居が《うし》」

予期せぬ言葉であった。由起は、ひどく驚き、不愉快だった。おばーはそしらぬ振りをしている。由起の脳裏を月のものが遅れていることがよぎった。

「かさぎとーれー大祝《うふ》いすサ」

「やしが姉さんたー親子、男運悪ささヤー。姉さんや尾類《じゆり》、ミヨや夫二人。ゆきーや男作テ……」おばーは、手に持ったシイグをかざして、

「とーとー夜から、やな口アビークワイサー。早く帰レー帰レー、トオカチ祝いしとらんさんドー」おばーのすごい剣幕に、タネおばーは渋々帰っていった。

「一人者に男ぬ居ティン、何のとがん無ーんサ。気にすなケー」由起を励ますおばーの声を背に聞きながら、裏庭へ出た。暗闇にうずくまり、タネおばーに掻き出された、感情を、もてあましていた。村屋の賑やかなエイサーは何時かわったのか、地を這う老婆の呻くような歌声が聞こえていた。臼太鼓と言われるこの村に伝わる古謡である。黒装束の古老たちが、素朴な手振り、足踏みで、歌い踊る。由起のおばーは、太鼓ムチャーをやっていた。昔は、ウンジャミの翌日に女の節句として踊っていたらしいのだが、今は、祝いごとの余興にも踊られている。

老婆の声は不思議と響き、地の底からしみ出したような声で糸芭蕉の幹を糸を引くように這い、仏桑華の赤い花をなめまわし、家々のくちゃ（裏座敷）に忍び込み、暗い歴史を無理矢理引きずり出し蜘蛛が触手を伸ばすように村中を這い回る。蚕が糸を吐くように吐き出される。老婆の呻きを聞いていると、由起は条件反射ででもあるか

のように、幼い日のある光景に引きずり込まれる。必死にその魔手から逃れようとするが、見たくない物を首をねじられて、顔面に突きつけられたように、一度入り込んでしまった感覚は元に戻せない。どんどんその陰鬱な世界にのめり込んでしまう。

夕間暮れ時、由起は村の中心にある橋の上に立っていた。米軍の払い下げのＨＢＴで仕立てたスカートを着ていた。素足の裏に小石がいたかった。

区長をしている蔵根のおじさんが、村を駆け抜けた。防風林の福木囲いの家、仏桑華の生垣をいつも丹念に苅り込んでいる家、神屋の森の石段の下の家、川の緑の美子ちゃんの家、田圃の畦道の先の金城さんの家……。緊張したおじさんの顔は、いつも由起のおかっぱ頭を撫でてくれる優しい顔でなく、とても恐い人の顔に似ていた。おじさんの訪ねた家は、夕飯支度をするせわしい声や、豚や山羊の餌をねだる聞き分けのない泣き声がはたと止む。そして次の瞬間、断末魔の奇妙な声があがる。意味不明のことばを吐きながら飛び出してくる人、無言で隣の家へ駆けて行く人など……。村中が呆然自失、怒号と混乱にふくれあがるのに一時間もかからなかった。はじめ隣り近所で交差していた人々は、やがて小集団の固まりとなって動き出した。集会所の狭い中庭は、たちまち不安と疑心暗鬼に変わる。

「何かの間違いでしょうよ」

由起たちの小学校の校長先生も、何時もの自信に満ちた顔でなく、思案顔で村の人たちのもの問いたげな目を、頼りにされているのが荷が重いという顔をしてはぐらかしている。だんだんみんなの不安が高じてくるにつれ、話し声が大きくなり、中には叫び声になっている者もいる。誰一人聞き手はなく、村中の者がわめいていた。由起たち小さい子供たちは橋の上にひと固まりとなって不安気に大人たちを見守っていた。少し大きい兄ちゃん、姉ちゃんたちは、神屋の森の石段の中腹に男女別々にかたまって、知ったかぶりのだれかれの話を聞いてうなずき合っていた。通り過ぎる大人たちに「どうしたの」と尋ねても、誰も返事をしてくれなかった。

『あとでね』くらい言えそうじゃない」と子供たちは不満だった。気が転倒して子供のことを忘れてしまうほど、よほど大変な事が起きたのだと由起は理解した。

大人たちが動き出した。それは村の入口の県道へ向かっている。由起はいつか学校の運動場で見た巡回映画のシーンに似ていると思った。その時大人たちの群れの中から手が伸びて由起は引き寄せられた。台風の翌朝、水かさを増して山の木々を枝ごと押し流して行く濁流を見つめていると、吸い込まれそうな恐怖におそわれた。あの気持ちに似ていた。

「いやーん」と言ったが抗がえなかった。

「由起一緒に来なさい」母と祖母の間にはさまってしまった。

ＧＭＣトラックが二台停まっていた。ドームのように深くテントを張って米軍の兵士を運んでいるあれだ。あの暗い幌から、大きな黒人兵が空気をかきわけるように飛び降りてきた。そして何やら言った。村人たちは言葉がわからず、ヒソヒソ囁き合った。次に村人たちの知っている顔が一人二人と幌の中から降りてきた。頭や手足に包帯をしている。村の衆は彼等を取り囲み、もみくちゃにした。お互いに感情が先走り、伝えたい事が伝わらず、聞きたいことがいっこうに引き出せなかった。騒ぎを見兼ねてＧＭＣの上に立ちはだかった男が、

「イライオロシマス、カゾクワ、ウケトテクダサイ」

おかしなアクセントでどなった。村の者は静まった。

『『イライ』って何んだろう」由起が考えていると大人たちはなんとなく意味がわかったらしく、作業のしやすいように退いた。次々と担架が降ろされた。由起は毛布

にくるまった物体に向かって、母が突然云ったことばが不思議だった。

「お父さんだよ。お父さんだよ」

担架にそれぞれの親類が群がった。全身振りしだいて泣く女、「ちゃーすがやー。ちゃーすがやー」と途方にくれている年老いた親たち。そんな中で、由起は一つのむくろをさして母が言ったことに驚き、気が転倒しそうになっていた。

祖母は、

「幸雄不幸だったね。全部戦争が悪いんだよ。極楽往生しなさいよ」と云い続けた。なぜか合同葬儀にも、その人の自宅での法要にも連れて行かれた記憶はない。たしか中村の兄さんやその母親がそのむくろのそばに立っていた。その時なにかしら懐かしい感情がこみあげてきたのを覚えている。前後の記憶のとぎれた、一枚の写真のような光景であった。


北の村の夜更けは寒さが肌身にしみる。由起は身ぶるいした。肩や足のつま先が冷えきっていた。肩をすぼめて家へ入った。北風が部屋の中を通り抜けた。この家は戦後親類の者が建ててくれたもので、畳の敷いてある部屋は良いが、二番座や裏座は歩くとがたがた音がする。すきま風が無遠慮に各部屋を通り抜ける。この村の悲しみ、暗い出来事が、ずっしりとかぶさってくる感じがした。おばーがくぐもった声で臼太鼓を唱和している。めがねがずり落ちそうなのに一向気にせず黙々と余念がない。ウーをたぐり寄せ、一方の端を口にくわえ、もう一方をみつけて口びるでしごき、しめりけを与える。

そして端を巧みに捕らえ、結び、剃刀で余分な部分を切る。おばーの指は、剃刀の傷で固くなっている。かごの中は、もっこりと赤みを帯びた糸の山が出来ていた。

「由起、寒かったらおばーの綿入れ丹前がそこにあるよ」

「ありがとう。それよりおばー、こんな夜中まで仕事するの、休んだら」由起は丹前に手を通しながら言った。

「最近仕事がはかどらなかったからね。ちゅうや（今日は）ミヨが帰るまでやるよ」

おばーは自分にノルマを課しているのであろう。一心不乱に糸をたぐりよせているように思えた。

「おばー……あの臼太鼓誰がうたっているの……」

「あれはネー、美子ターおばーの声サ、ありが声や寂さぬならん。由起も陽気にしなさいヨ」

同級生の美子の父親は、戦死した。叔父さんはトラックの事故で亡くなっているから、歌いながらもの考えしているのだという。

「おばー、昔この村に、悲しいことがあったの覚えているねー」

「何だろうねー。九十年も生きたら、悲しいことから、楽しいことまで、そりゃいっぱいいみてきたサ」

由起は祖母にすまないと思った。長生きして孫や曾孫に囲まれて、幸せな余生を送ってもいいはずなのに、曾孫はおろか結婚すらしていない。おまけに、素性の知れない男と出来ていると聞かされるとは、どんなにつらかろう。問いかけた質問をするのが、はばかられて、しばらく、生き物のように動く祖母の手を見つめていた。

「黙らんぐと、言ちマーニ」

おばーの言葉は少し乱暴だが、沈んだ気分を引き立たせ、心を開いてくれる、小気味よさがあった。

「タネおばーが云ったこと、黙っていてごめんネ」

「何ん無んサ、由起も知っているはずやしが、おばーは尾類《じゅり》売いされたからね、男たくさん知っているよ、しかし、何んのトガもなく、長生きしているサ。男も知らんで年取ったら生りたる甲斐ネーラン」

祖母は家が貧しくて、十歳の時、那覇の遊廓に身売りされた。親類の人たちが、金出し合って身請けしたのは二十歳もかなり過ぎた頃であった。妹のタネのいいなずけの家が村の有志で、嫁の姉が遊女では格式に傷がつくといって、多額の金を出して身請けがかなったらしい。タネおばーが、由起たちのことを何かとチョッカイを出すのは、そのようないきさつがあってのことなのだ。嫁ぎ先で、負目を感じた分感情ではらしているのかも知れなかった。

「目ーヌ位置変テイ物を見リョー。神屋の頂《ちぢ》から村を見てごらん、どんな重大におもっていることヤテンけし粒ほどのはなしに思えるサ。おばーは九十段から物見ているから村でこの九十年間に起きている事に比べれば、今由起の悩んで居ることなど、たいしたことないね。この村のお母たー、ミヨだって、大変な哀しい目にあっているさ」

この村の女たちの陽気さに、由起は面くらうことがある。とても自分はあんなふうに、楽天的なふるまいは出来ないと思う。哀しい目にあった人たちには思えない。

「おばーは死にたいと思ったことないの」

「沖縄の人は自殺なんかしないサ。どうにか生きて行くヨ」

祖母は、まるで由起に言い聞かせるように話した。

「おばーも苦労したの」

由起の知っている祖母は、いつも立ち働いていて、明朗豪快な気丈夫だった。しかし村の人から「尾類アンマー」と云われるように、髪はいつもきちっと結って身嗜みには気をつけて、どことなく気品を保っていた。

「由起、さっきの話、哀しいことといったネ」

「ほら、県道に、黒ん坊の車で死んだ人がたくさん運ばれてきた」

「ああ」祖母がめがね越しに由起を見た。しばらく考えている様子をした。それから庭の暗がりに目をやり強くかぶりを振った。

「あれはな。村の人たちを軍作業に送り迎えするトラックに、ＧＭＣが突っ込んできたんだよ」

「どっちが悪かったの」

「もちろんアメリカーさ。突っ込んできたんだって。からかってやった事らしいんだよ」

「そんなーひどい」

「あの時代だからね。アメリカーは威張ってサ。犬死だったよ」

「金城さんと私たちの関係は？　教えて」

事故のあった日、母がお父さんだよと云った人の事である。祖母はちょっとためらってから、

「あんたも、子どもがいても不思議でない年だもの、知ってた方がいいね。分別のつく年だものさ」

「……」

「あんたは、あの金城の子に生まれるはずだった。田圃の側の家の金城幸雄にミヨは嫁がせたさ、やしが（だけど）、すぐ兵隊に囚られて、誤報の死亡通知が舞い込んでね。村では元祖を継ぐ者を失ったら大変なことだから、幸雄の弟の嫁にしたのよ」

「もう少し待てばよかったのに。母さん承知したの」

「承知するもしないも、親戚でよってたかって決めてしまったさ。すぐ結婚させたわけでなく、二年くらい経っていたはずだよ」

「わからないなー」

なにごとにつけ、はっきりしないと気の済まない母が、由起には理解しかねた。

「幸弘は、兄の幸雄によく似ていたし、戦争前の食料難も、幸弘が頼もしく頑張ってくれていたから、ミヨもしぜんに頼るようになったと思うよ。優しい子だったねー」

（優しい人）その言葉に、由起は隆之のことをおもった。やさしかった。隆之はよく由起の手足の爪を切ってくれた。はじめこそばゆくて、とてもじっとして居れなかった。

特に足の爪はいやだった。しかし、隆之は細い体なのに、意外と腕力があり、由起をねじふせておとなしくさせてから、ゆっくり、丁寧に切り、ヤスリで型を整えてくれた。

分別のあるいい年の女が年下の男を愛してしまったのは、あのやさしさではなかったろうか。何気ない心配り、いたわりを受けた。以前親しくしていた男から一度も受けたことのない、思いやり、気働きを隆之はおしげもなく、ふんだんに与えてくれた。由起は勿論、それに見合うだけの献身をつくした。留守の間に、隆之が帰ってくるといけないので、

「山原の村までいってきます、二、三日したらもどります」

と村の住所を書きおいてきた。隆之を気づかう心がうずいた。

母は弟の幸弘さん、由起にとって父親にあたる人を愛したのかしら。女としてどんな心のゆれがあったのか、知りたいと思った。

「幸弘も召集されたんだよ。あんたが生まれて四年経ってかなー」

「覚えてない」

「もっと小さかったのかねー」

「それでどうなったの」

「終戦で二人とも元気で帰ってきたよ」

由起は絶句した。おばーも一瞬苦痛に歪んだ顔をみせた。かなり時間がたってから、

「戦争が悪いんだよ。全部戦争のせいだよ。お母ーはなにも悪くないよ」

おばーは何者かに向けて怒っているかのように見えた。由起はおばーの怒りが少し鎮まってから、

「私の父だと云う人はどうしたの」

「あきさみよー。あのときのことを思い出したら、胸が張り裂けるサー。三人とも可愛そうよー」

おばーはふところから手ぬぐいを出して涙をふいた。由起もじーんと目頭がうるんだ。

「幸弘はすぐ大和に引っ返したサ」

「幸雄さんと一緒になればよかったのに」

「おばーもそうすすめたよ、ヤシガ二人ともかたくなでねー」

幸雄さんはそれ以来人付き合いの悪い男になってしまったという。

「ミヨが、何をさせても生命《ぬち》限りやる気持ちが、わかるような気がするさネー。つぐないや、忘れる為に頑張っているのサ」

おばーが仕事を終わるというので由起は、道具をかたづけた。ここ数日のふさいだ心が少し、楽になっていく気がした。子供の頃の懐かしい、甘酸っぱい思い出が、家のすみずみに感じられた。

「名古屋にいるそうだよ、あそこの親戚の者は行き来しているはずだよ」

「もちろん結婚しているね」

「子供も二人出来たそうだよ、女の子だけ」

おばーは、幸弘さんや異母姉妹のことをよく知っていながら、話題にしたことがない。母への思いやりからであろう。由起は、母が不憫でならなかった。

「金城の家は、誰が住んでいるの？」

「そうそう、アルゼンチンから幸雄の妹の子が……」

「傑さんでしょう」由起はバスの男を思いえがきながら、勢い込んで言った。

「次男の武《たける》だよ」


母が臼太鼓の練習から帰ってきた。由起を見るとちょっと表情をかえた。言いたい事があふれて整理がつかないらしく、物も云わずにせわしく動きまわっている。そのうちかっこうなはけぐちをみつけたようで、台所の食器を音を立て洗いだした。由起は、今にも爆発しそうな火口をのぞいている気がし、じっと母を見つめていた。おばーはそんなミヨの動きが、先が読めておかしいらしく、目を細めている。ミヨはそのうちこごとを言いはじめた。くち火が切れると、際限がなかった。

「タネおばーに、皆の前で言われたよ、男ぬ居ン、かさぎとーるはじとね。まぬけた娘だよ、情け無くて、恥ずかしくて、村から顔持って歩けないよ」

ミヨは言葉だけでは足りないと体をゆすって言った。

「黙っていてごめんなさい。結婚するつもりだったし……、いずれゆっくり話すつもりだったの」

「盆、正月も帰って来ないからおかしいとは思っていたのよ。まさか男と居るとはね。母ちゃんは許さないから。娘もしずめられなくて、余所さまに物なんかいえやしない」

ミヨは、村の婦人会の仕事をしていた。

「母ちゃんの顔など、どうでもいいけど。小さい時から、どこに出しても安心な、利口な子だと思っていたよ。学校の先生方からいつも〝しっかりしています〟とほめられて。それが……くやしいよ……」

由起は、さっき祖母と話したことで、母に同情していたし、どんなこと言われても我慢しようと考えていた。しかし、母のこごとを聞いている中に、理由のわからない反発が胸の中で、わいて来るのを、どうしようもなかった。

「私があの人と結婚すると言ったら許したかしら」

「許すさ」

「母ちゃんが自衛隊きらいだから云えなかったのよ」

母が少しひるんだのを由起はみた。母は、その気持ちをふりはらうように、

「二十やそこらの娘でもない、四十にもなって、馬鹿だよ、フラーだよ」と言った。

「あっさみよー。ミヨーや、好きな人が出来てなんで悪いのサー」

ミヨと由起の話を黙って聞いていたおばーが、ミヨをたしなめた。

「男に騙されているんだよ。この子は、早く結婚しないからこんなことになるさ」

結婚しないからと云われて、由起の中にくすぶっていたものがよじけた。村の者から嫁にという話がいく度かあった。どれも立ち消えになっていた。中には相手も乗り気だが、親が話をこじらせだめになったのもあり、由起は不思議でならなかったのである。その理由が、今日少しわかった気がした。母に対する怒りが、火種が起きるように由起の中に燃え立った。

「母ちゃんが幸雄おじさんと幸弘さんを不幸にしたんでしょ」

小さい声でつぶやくように言った。本当は（母ちゃんが二人の男とかかわったりするから、私の結婚に影響したんでしょ）といいたかったのである。祖母が遊廓に、母

が二人の男を夫にしたことの重苦しい母子二代の歴史が、因果のように由起は自分の運命を考えた。

おばーは、村へ帰ってから、ミヨを生み落としたが、相手の男の名を絶対に言わない、口の固い女だと噂しているのを、由起は聞いて苦しんだことを思いだした。

母は、耳を疑ったようで、由起を見た。言ってはならないことが口をついて出た。

「母ちゃんが、もっと気張ってくれれば良かったのよ。すぐ弟の幸弘さんと寝ちゃって、私を生んでしまったでしょ。だから私はまともな結婚も出来ないでしょうよ」自分で言葉が抑制できずひとりでに吐き出るようであった。

由起の脳裏に何の前ぶれもなく、母にかかわるもう一人の男の事が浮かんだ。まだ幼かった戦争中の避難小屋での事であった。ぼろぼろの服をきた日本兵がおし入ってきた。母に取りすがって脅えている由起を引きはぐように抱きかかえると恐ろしい顔でにらんで外へ放り出した。

男と母の長い格闘が続けられた。男はいくども母を平手で打った。母は性根つきたのか動かなくなった。由起は母が死んでしまったと思った。男はズボンをずらして、奇妙な動きをはじめた。男の尻が母の上でケイレンしぐったりと動かなくなった。由起は見てはならないものを見た気がした。男に殺されると思った。小屋を離れ草やぶに身をひそめた。戦後一度も思いださなかったのに、今頃どうして思い出してしまったのだろう。由起は、自分でも胸の凍る思いだった。男は祖母と母が、一生懸命たくわえた食糧を全部持って行ってしまった。

「男にだらしないのは母ちゃんじゃないの」唇からこぼしてしまった言葉に由起が後悔したのと前後して、母の眼がみるみる赤くなり涙がぽろぽろ日焼けした顔を洗った。物の音もなく闇に包み込まれた中で、由起の口をついて出た言葉は、重くひびいた。いっそ、怒鳴り合った方がどんなに、この場を救ってくれたか知れない。少し経って由起は下駄をつっかけ、暗い夜道へ飛び出した。母の涙はＧＭＣトラックの事故の時以来であった。由起もこみあげてきそうになっていた。足は自然に神屋のある石段を登っていた。すりへった下駄を手に持ち素足でざらざら風雨にさらされた神屋の石段をふみしめた。登りながら自分が今母の過去をあばいてしまったことに後悔があった。そしてあの戦争中のことだけは絶対に思い出してはならなかったと、自分をせめた。

百段ある階段をいくどもつまずき、あえぎあえぎ登った。登りつめたところは、広場になっていて、老松が回りを取り囲んでいる。地上五十メートルはある頂上からは、昼間ならば、村中はおろか、となり部落やそこを源流として由起の村を抱くように流れて海へそそぐ川や、川に育まれた豊かなタープクが見わたせ、アダンやモクマオウの浜、そして海が眺望できる。

しかし、今はすべて薄墨色のファインダーのなかに沈澱していた。遙かにいさり火が一つ二つ、星のように見える。

母のことは思い出すまい。連鎖的に苦しい記憶が甦るのが嫌だった。これまでの人生のいいおもいのところだけを挙げてみようと考えた。辛い記憶は消し去るだろうと思ったから……。しかし無駄なあがきのようにみえた。努力すればするほど、嫌なことを思い出してしまう。

隆之と同棲していることや刑事が会社に来たりして、部長に呼ばれた日のことなど苦々しい記憶であった。

「中村さん、部長が呼んでいます」

顔をこわばらせて、良子が呼びにきた。良子は初めに隆之と親しくしていた子だ。

ダンスホールで「わたしの彼」と由起に紹介した。隆之が何時のまにか由起に接近して裏切ったことをひどく怒り、由起をののしった。由起は隆之をつっぱねる強さのなかったことで、少し後ろめたい思いがあった。良子は「それごらんなさい」といいたげに、あごを斜めにして、部長の伝言をつたえると、秘書室へ戻っていった。背をそるように歩いていくのが、勝ち誇ったように感じられた。

隆之と由起のことは、プライベートなことではあるが、名の通った会社だから、なにがしかのとがめはあるだろう。会社が若い子を採りたがっているのは分かるけれど、今度のことにはからめないであろう、取り留め無く考えながら、部長の個室へはいった。

「しばらく会社を休んでいなさい」

表情を変えずにいうと、由起の顔を一瞥しただけで、文書に目を移した。何がなんでも無視するんだと言う冷たい態度を誇示した。以前、由起が「課長さん」と一声かけただけで、青白い顔に血がさした男だった。もう十数年も前のことだ。商談に出掛ける時は、何時も由起を連れてあるいた。彼があからさまなだけ、由起は書類袋を抱えて、小さく背をまるめた。その彼の貪欲な性欲のあかしのように、由起ははらんだ。ヘソの下に妊娠線がうきだした頃、由起は場末の産婦人科医を訪ねた。雨の音が激しく硝子窓を打ち手術台に蛙のように腹を上にしていた。爪先から、脳天まで鳥肌だつ思いがした。

年老いた医師がどんなに無表情をよそおっても、恥ずかしさと、恐怖を少しもやわらげてはくれなかった。

「御主人の同意は?」口ごもった由起に、

「ああ、わかりました」といった。

四時間もサイケな色彩の夢の世界を彷徨した。手術の前に見ていたグラビア写真に誘発されたらしい。意識が充分回復しないうちに、うすよごれた病院の壁を伝うように這いだし、タクシーでアパートにたどりついた。

その晩彼はやってきた。性急に戸をたたいた。悲しかった。一日掛かりで身をけずらせてきた日に、とろんとした目で、せっつく男がひどく理不尽な動物にみえた。ベルが鳴るままにして、布団の中にもぐりこんだ。夜具に、彼の匂いがしみついているようで、少しむせた。

翌日出勤したが、彼は病休だった。昨夜の雨で、飲み屋の階段をふみはずし、ギックリ腰だと言うことであった。それきり二人の間はとぎれた。部長の冷やかな横顔は、女に拒まれ、ギックリ腰で苦しんだことへのありったけの、腹いせのように思えた。

(情無い人だわ)

部長が突然顔をあげて笑った。勝ち誇った笑いだ。しかし由起は、笑った部長の口元に年を感じた。そのとたんに強烈な安タバコの臭いがした。服にしみついたものか、口の中によどんだものか、歯という歯がゆるみ、それぞれすき間を作っている。その一本一本の歯はタバコのやにで、まんべんなく塗りつぶされている。みるからに年老いて、不潔に見えた。そのすき間だらけの歯を見た時、由起は会社に対する未練をきっぱり捨てた。

「やめよう」と決心したのである。

この男のことは母や祖母には知られていない。まして由起が身ごもったことのある身体だということは想像もつかないだろう。母にあんなこと言えた義理でない。由起は母や祖母にすまないと思った。なにもかも悪いことばかり続く気がして、女三人の運の悪さが思われた。暗い石段を用心深く降りて行った。石段の両脇の松の木は昔は緑豊かな枝を張って、天を望む視界をたまたま遮っていた。今は背ばかり伸びて枝がもぎれたようになり、荒涼としている。冷たい夜風に、思わず身震いしながらはるか眼下の田圃の父の家だという金城さんの家の方を見た。村はところどころ外灯がぼんやりとにぶい光を保ち、それが赤がわらの屋根や芭蕉の葉と調和して絵の中の風景のように動かなかった。

母は、まだめそめそしているようであった。由起が戻ったのでおばーがたしなめた。

「ミヨ、泣くのはよしなさい。これ以上娘をむち打ってはならんドー。二人とも恨むならおばーを恨みなさい。みんなグソー（あの世）に持って行ってやるから、ヤーミヨ」

ミヨはうなずいて、大きな音をたてて鼻をかむと、いつものかいがいしさで、三人の床を整えた。

「ミヨが茶碗洗いながら泣く後ろ姿を見ていたら、私の親のこと、思い出したよ」

寝床のなかでおばーが話しだした。由起が生まれない前に死んだ曾祖母のことらしい。八十年以上も前のことであろう。

《わんお父《とー》がハブに噛まれて、ネーグー引くようになり、その辛さを紛らわす為に飲み始めた酒が癖になってね。すっかり人が変わったさ。働かないから畑も荒れ放題、ひどい貧乏してね。一日に薩摩芋二本の日もあったね。お母《かー》は蘇鉄をくたして、それをケーラ煮にして食べさせてくれた。すごい御馳走だったよ。よその家じゃ蘇鉄は、飢饉か戦の時しか食べないので、人に云うなってお母にいわれていたさ。蘇鉄は毒があって死んだ人いるんだー。生で食べたからよ。削ってテルに入れて芭蕉の葉やかまじーなどで覆い、醗酵させる。くったすんと言ったんだよ。腐ったように見えるけど、煮ると澱粉がどろっとなって舌ざわりがよくおいしいんだよ。お父は勝手に人から金借りて、娘の私を売る約束をしてしまったんだよ。十歳の時よ。子買いの老爺《おじい》からそれを聞かされた時のお母の怒りようったらなかったね。お父に拳固《ちちくん》ふりあげて……。ちょうどエンチュ（ねずみ）が蛇に立ち向かうようだった。子買い老爺が迎えにくる朝、目が覚めたお母が、芋の釜の火を火吹きで起こしながら泣いているのよ。煙たいからかと思ったら、体ごと泣いているんだよ。うす目を開けて見ていたら、着物の袖がぐしょぐしょになるほど泣いているのよ。私のために泣いているのがわかったねー……。そしたら急に売られて行くのがいやでなくなった。

「母《あんまー》、楽させてあげよう。金儲けてこよう」と心に固く誓ったねー》

由起は、うすい暗い土間でうずくまっている曾祖母が脳裏をよぎった。それはカマドおばーでありミヨの姿のようであった。ミヨも同じ思いの中にいるのか、じっと聞いていた。

《子買い老爺もヒルマサしていたよ。塩屋《サー》の渡しを船で……。そして歩いて歩いて、三日三晩、宮城部落から板橋がかかっていてね。あそこを渡るのが恐くて恐くて、板のすき間から潮のムゲールのが見えると、目がくらくらして落ちてしまいそうで……。那覇に着いた時は、あまりの遠さに、生きては島に帰れないだろうという気がしたよ》

おばーは、遊廓の話を始めたが、睡魔に襲われたらしく話の筋を乱してきた。声の調子が細々したかと思うと、また気を引き締め音調を整えた。

《タネが我ターにマチブルのは、タネの夫が私と同じ年で、山原船で那覇にくる時は、様子を見に来てくれていたからヤチしているのよ。タネを嫁にすることになって、姉さんが尾類では困ると言って、一門で金だして身を引かせたからね》

由起は、祖母が母の父親のことを話すだろうと注意を集中したが、おばーはそのことにはやはり口は固かった。

台所の走戸が時折カタリと風の気配をつげている。幽閉された闇の中でおばーは、語り部に化したかのように、何時までも昔の話をした。そして、いつしか、かすかな鼾をかいて眠ってしまった。


ヒヨドリの鋭い声や、スズメのにぎやかなさえずりに目が覚めた。雨戸を開けて空気をいっぱい吸う。日は高く上がっていた。裏庭から枝を張っている蜜柑の木のてっぺんに取り残した実が五、六個付いている。小鳥たちは、せわしくその実をついばんでは姿を隠しまた舞い戻ってくる。由起は大きく伸びをしながら、

「お早よう」と声をかけた。母の姿は見えない。もう畑仕事に出たのであろう。織物工房へ行く前にひと働きするのが、ミヨの一日の始まりである。祖母がゆったり、ぬれ縁でお茶を飲んでいる。

「由起、早く顔洗って茶《ちゃー》飲みなさい」

由起は、寝具を片づけると、村の泉川から給水した水道の水で顔を洗った。軟水だ

からいく度洗っても石けんがとれない。ヘチマコロンでもぬったようになる。実際山原の水で毎日洗顔していると、それだけで皮膚がきめ細かくなると云う人もいる。

「おばー芭蕉もこんなに手入れするんだったの」

由起は庭の芭蕉に目をやった。円柱の先端が、輪切りされ、若い勢いのいい葉がスーッと天を指している。

「すっかり街の人になって……。手入れしないと柔らかい上質の糸は採れないよ」

「自然にまかせているのかと思ったわ」

「あねーあらんドー、糸の太さを揃える為に二回も三回も先を落とす作業をしているんだよ」

おばーは庭をあごで示した。びっしり植わっている芭蕉の枯れて火傷のようにぶら下がった葉は、きれいに刈り取られている。

二年もかけて伐採されるというのも根気のいることだ。一本から約二十グラムの糸しか取れない。一反分のウーを取るのに、六十本前後の糸芭蕉が必要だそうだ。由起の前庭の糸芭蕉を全部倒しても一反の布がせいぜいなのだ。由起がため息ついていると、

「そんなことで、驚くことないよ、一反のバサーが織り上るまでの苦労は、女の一生と同じ、それ以上だね。半端な女には出来ない仕事さ。ウッチェーヒッチェー、手塩にかけて仕上げるのよ」

隣の家との境に、両家が行き来できるように、仏桑華の生垣の切れ目がある。その空き地で、母がかき集めた塵を燃やしたらしく、朝の風が、煙をゆすり、その煙は芭蕉の幹をするすると伸びてくる。ぶな林や白樺の森の朝を連想した。黒部立山の旅を、隆之と計画していた。定期貯金を解約して普通預金にしてある。前に隊内の友人に融通した三十万も返してもらって、ゆっくり旅することになっていた。旅のプランを立てるのは楽しく話しはつきなかった。

「由起、ほらまた……」

「ええっ……」

「ため息をついていたよ」

無意識のうちに、時々ため息をもらすらしい。由起は、祖母に恥ずかしいと思った。由起の屈託は、おばーにはもう見ぬかれているように思えた。

「悪い枝ヤいく度でも落チ、良い糸を育てるのよ」おばーの言葉は、(悪い男じゃないの）と問われているように聞こえた。

「人間もそんなにうまくいくといいのにね」

語尾が心もとなげに細くなった。

「同じさ。いろんな苦労して、そのたびに良い女になっていくさ。芭蕉一反仕上げるまでは、途方もない苦労の連続さ。やしが、はたから離れても、のばしたり、こすったりウスにさらしたり、ユナジにつけたり、手間ひまかけるんだよ」

母が外から大きな声で由起を呼んだ。県道ぞいのウー畑に手入れに連れて行くという、せっかちな母を代弁するかのように、車のエンジン音がうるさくせきたてている。話好きの祖母の、

「何も今日でなくてもいいのに」という声を後に、由起はワゴン車の助手席に飛び乗った。

那覇へ越して行った家の畑を借りて母は芭蕉を作っている。母は工房にもどったので、午前中を由起は一人畑で過ごした。急ぐこともないのでゆっくり、枯葉をカマで取りのぞいて行った。

夕方、律さんが訪ねてきた。

「名護で由起ちゃんに会ったけど、元気がなかったので心配で寄ってみたのよ」

「律ちゃんありがとう。由起をミヨが県道ばたのウー畑に連れだしたサー。半日も働いて平気だから見直したよ」

おばーは、小さい時から、客に対しては由起のことをよく言ってくれた。今も由起はありがたいと思った。

「芭蕉の手入れですか、さすがミヨさんね。織りを教えないで、地味な仕事から覚えさせる気ですね」

「街で育っているから、きっと手足まといヤンドー。由起、ミヨに怒鳴られたでしょう」

由起は、笑ってうなずいた。うら座から顔を出したミヨは、

「私はまるでクサミカーみたいだね。こんな大きな子に怒鳴ることができないでしょ」

「あんたは自分が働き者だから、だらだらしている人をカシマサする所があるから……」

「まーまーおばー、あなたのミヨさんは働き者だから、糸芭蕉育てさせても、布織させても村一番ですよ」

律さんがミヨを引き立てたので、ミヨは照れながらも嬉しそうにしていた。実際、村では律さんを中心に織物が復興してきたが、ミヨなどの蔭の支えがあった。律さんはそれを心得て、心配りをした。

「律ちゃん、ちょっと見てくれんかねー。あんたに見せないと心配でね」

おばーはムイジョーキにこんもりためたウー積みした糸を律さんに示した。律さんは、糸の結び目をたしかめたり、たなごころで、押すようにして吟味した。長年この仕事をやってきたおばーも不安そうに、

「チャーガ」と答えを催促した。

「おばーこれナハグウーですね。なかなかいいですよ。おばーいくちないみせーが、よくこんな細かい仕事が出来ますね」

「九十二歳だよ。ほんとうはね、手の感じてやれるのよ。手がひとりでにね。でもこの眼鏡見てごらん」

いわれて、律さんと由起がのぞくと、おばーの目がレンズ越しに、大きく拡大して

いて眼鏡の威力をみせつけられた。

「おばー、糸は私に織らせて下さいね」

「もちろんさ、私のはあんたやミヨや工房の女たちのものさ」

律さんは、母が手入れした庭の糸芭蕉の所へつかつかと歩み寄ると、一番近くの一本を両手でなで、そして注意深く右手で、トントンたたいた。耳を傾けて応答を求めているように見える。

「なーだやさに（まだまだ伐採は早いでしょ）」

「水分も光も充分だっておばー。明日どうでしょうね」

「ミヨどうかね」おばーは裏座のミヨに大声で同意を求めた。

「ウー炊きは忙しくなるね。竹ばさみもたむんも用意しとかなー。律ちゃんも手伝ってくれるね」

「もちろんですよ。他にも四、五人連れてきますよ」

由起ちゃんさようなら、と行きかけた律さんは思い出したように戻ってきて、

「今晩みんなで遊びにくるとミヨさんに言って下さいね」と帰って行った。おばーは納屋でウー倒しの道具を整えにかかった。

夕食が済むと、ミヨの仲間たちが二十人ほど集まってきた。生年祝いの出し物の臼太鼓の練習を取りやめてやってきたらしい。各家庭で作った料理を一品ずつ持参する心づかいまでしてきた者もある。隣家の時おばさんは、海草で作ったモーイ豆腐を差し出した。色つやのよさ、しまりのいいのがみんなの注目を集めた。いつも仏桑華の垣根を行儀よく苅り込んでいた家の静さんは、にがなじゅねーを、大きなボールに作ってきた。ふだん草という野菜を細かくきざみ、豆腐に白味噌、カマボコ、シイタケなどを混ぜた具を作り、あえる。この村では、女たちが、その作り方や味を競ったという。村一番の体重に悩む静さんは、このにがなじゅねーで腹いっぱいにするのだそうだ。かくし味にピーナッツバターを使ったのが自慢である。律さんはタピオカくずテンプラーを作ってきた。芭蕉のはた織りで忙しい人なのにタピオカを植えて、そのいもで澱粉をとり、乾燥させて保存する。今日は二種類のてんぷらを作ってきた。黒砂糖入りとニラ入りてんとある。人参羊かん、すぬい、てんぷらなど座敷いっぱいに広げられた。

「遅れてごめん」と云って入ってきたのは戦争で夫を亡くした、橋根のツルさんだ。

若い頃芝居の奥山の牡丹《ぼたん》の主役をやった。きれいな人だった。由起はすっかり老いてしまったおばさんが、気の毒になった。

「どうして遅れたのよ、一人者が……」

ツルさんの息子さんは那覇で小さな会社をやっている。だからツルさんは一人暮らしなのだ。ツルさんに限らずおばさんたちの息子や娘たち村の者はほとんど那覇や沖縄市に出て働いている。

「息子の会社が、大和にマチ打たってつぶれそうでね。嫁と孫三人をあずかってくれといって帰ってきたよ」息子は由起の同級生である。建築業はよくないらしい。みんな一瞬暗い顔になったが、すぐ気を取り直して、

「いったー息子は前にもピンチを切り抜けているから今回もきっと大丈夫よ」

「さあ、楽しくやりましょう」と、皆はまた料理をつまみ出した。にぎやかなおしゃべりが続いた。

「大和人は口がうまいからね。沖縄の人は、あったーには簡単に騙されるよ」

由起は隆之が大和人であることを知ったらおばさんたちどう思うだろうと何故か肩身の狭くなる気がした。

「あんすくと、わったーもまきらんかな」

元気者の静さんがガッツポーズを作ったのでみんなどっと笑った。

「あんすしがよー。勝負してもなんになるねー。大事でなかったら、騙したい人には騙される方がいいんじゃない、私はそう思うよ」正直者の時さんが云った。みんなも、

「そういえばそうよ」とうなずいた。すると静さんが、

「もし自分が騙される立場に立ったとしてごらん、いたい目に合ってもいいという の絶対許してはいけないさ」と、真剣な顔で云った。律さんも、

「人の好さに付け込むようなのはガッティンならんねー」とツルさんをなぐさめた。

「くさみかんでサー（怒らないでよ）」時さんはおどけて驚いた動作をした。笑いがまた起きた。

「だけどこのにがな、あさらしー切りしてるね」誰かが言った。きざみがいかにも荒っぽくて豪快なのだ。

「ごめん遅れそうだったから、あさらしくしてしまったさ」

静さんは自ら謝った。

「食べられたら上等よ」

「山羊みたいだねー」

「山羊といえば、うちの山羊、今日チルンでいたよ。もう春なのかね」静さんが言う。

「ちょっと早いよ、あんたがおだてたんじゃないの、ヤグサミ（寡婦）者の楽しみにねハッハッ」

「また冗談して、ハッハッハー」

「この前の新聞のすみっこに出ていた記事見たねー、女をだました……」

「ああ、三行くらいの小さい扱いだったけど……たしか大和に妻もいるのに、独身だといって」

「私だったら騙されたとは考えない。良い思い出をさせてもらったと考えるね。金のことだって、一生男も知らないでいるより、その代償と思えば、安い物よ」

「あっさみよ静さんは。自分がヤグサミだからあんなこと言って。男が恋しいんでしょ」

「そうよ、家の父ちゃんは、男の物が立派だったからね、だー早死にするから……。

夫持ちのあんた方は幸せよ」

静さんの夫は、あのＧＭＣトラックの衝突事故で、亡くなっている。

「酒飲みお父はかしましいだけよ」

「時さんは、その顔みたら解るさ。あんたや、律さん、顔の色つやもよくて、亡くなってごらんよ、こんな淋しいもんないよ」

「そうかねー」

「一番の損は、女の体が枯れてしまうことよ。使わないと湧が消えてしまうようにね」

「湧くねー。まだ少しは田をうるおせるよ、アッハッハー」

おばさんたちは、卑猥《ひわい》なことをいい心の底から笑い合った。

仏壇の前に座って、若い者たちを終始にこやかに見守っていたおばーが、足を引きずりながら裏座へ行った。そして取っておきの泡盛の三合ビンを持ち出してきた。湯飲み茶碗に酒を一人一人についで回った。少し遠慮する者には、

「わんなー若ヤグサミは、こうやってお互いに気を紛らしたもんよ」と、肩を抱くようにして、一気に飲ませてしまうので、酒の飲めない人は、

「あきさみよー」と騒ぎながら、口からあふれた酒で、あたりを濡らし、それをぬぐうのに、ひと騒動であった。酒が入って興に乗ると、我先に立ち上がって歌い踊り出した。

石の頂ちぢゅいぢゅいまい所
里がまいた所たまじまん
あたいウーのなかぐ　真白ひちさるち
大和める里がどんす袴

足の悪いおばーも立ち上がって踊り出した。由起は、はじめ台所と座敷を行ったり来たりして、おばさんたちにつかまらないようにしていたが、静おばさんに無理矢理踊りの輪に入れられてしまった。由起が踊りの輪に入ったのをみたおばーは、三合ビンを由起の口につっ込んだ。由起はふいのことで、ごくごくと酒を飲んでしまった。
「おばーやミヨさんに似て、由起ちゃんも踊りが上手だよ、ほれほれ」

とおばさんたちは、はやしたてた。しかし、臼太鼓の手の振りは、由起のはぎこちない。

口三味線もだんだん澄みまさって、自作の歌が次々とびだした。

　山や緑まさい、海や藍（えー）ぬ花さかち
　わした山原女《いなぐ》　しなさちどまさる

海面にたつ白波を藍の泡立ちにみたてるところなど、律さんの作はさすが織り女の心意気と品位を感じさせた。

　打ちえいひちえい　くねーちけーらち
　やんばる田ーぶく　黄金どまさる

「わみが田ーぶくや　油なとうさ」静さんのかえしに、おばさんたちは、笑いこけた。

女だけの宴は楽しく続いた。ミヨも嬉しそうに、みんなの世話をしながら由起に近づいて、「明日の朝は早いよ、ウー倒しするよ」と力強く言った。

翌朝、由起の家では、夜明けとともにウー倒しが始まっていた。律さんや、静さんたちの威勢のいい声が飛び交う。ウーを鎌で倒す者、口割してウアーハー（上皮）、ナハウー（中皮）、ナハグ（内皮）、芯部のキヤギに束ねる者。また庭の隅では、ミヨがしんめーなーびに水をはって、木灰をいれ灰汁をつくっている。沸騰した中に束ねたものをいれて煮るのである。

おばーは、ウー炊きをしたあとの、ウー引きを自分の持ち場と心得ていた。竹ばさみ（イエービ）をもって、ウーたきを待っている。力仕事はできないが、若者たちの敬遠するのを分担するのに少し誇りも感じていた。

「由起、ちょっと来てごらん」ミヨは口割の要領を律さんから教わっている由起を呼んだ。

「灰汁の濃度はＰＨ（ぺーハー）11ぐらいにするんだよ」

「はいはいお母ーさま」由起は、母や律さんが必死に秘伝をさずけようと、気負っているのがわかった。だから、呼ばれるとすぐに行って話を聞き、質問をした。

「濃いとどうなるのかしら」

「アルカリが強いと糸が切れやすくなるし、弱いと原皮が煮えないからね」しっかり覚えておいてねと言った。

門の前にタネおばーが、新聞を片手に立っていた。なにか話があって来たようだが、ウー倒しが忙しく誰もおばーをかまえなかった。

夕刊のかこみ『話題を追って』に、次のような話が出ていたのである。


『結婚詐欺男、沖縄女の人のよさに脱帽』

那覇市などで、ハイミスを次々騙して、捜査願のでていた男が、昨夜女に会うために出かけた名護市でつかまった。男の名は、西村隆（別名大村博之、吉村隆男、西村隆之）、年齢三二歳、福岡県出身である。この男は婚期のおくれた、小銭を貯めていそうな女性を結婚を餌に、金を騙し取っていたもの。現在男は五人の女と同居していたと云う。一週間のローテイションを巧みに組んで、女たちに気づかれないようにしていたともいう。自衛官を騙《かた》り、商社マンになりすましたこの男、本紙記者のインタ

ビューに答えていわく、

《沖縄の女は馬鹿正直や、疑うちゅうこと知らんこつある。一緒にいよると、勘ばー狂うておかしゅーなる》と。

ちなみに、彼が騙し取った金は沖縄県では、一人平均三十万円。他県では百万円だそうである。全国をまたに稼ぎまくった詐欺男も、沖縄女の人のよさに脱帽？　したようである。それにしても、人の良さ、弱みに付け込むとはひどい男である。

涸《か》れた風景

掲載誌
『亜熱帯』第2号（1988年8月5日）

1

お父さん、タクシー会社でアルバイト始めたんだって。昨晩、娘が電話で知らせてきた。やれやれと、あいはちぎれんばかりに張った腰を拳で叩きながら、数回背伸びした。それから頬かむりした白地のタオルでこめかみや首筋を流れる汗をゆっくり拭った。そして、砂糖黍畑をいとしむように見渡した。

今年は、いつもの年よりきびの成育がいい。ほどよい雨にも恵まれ、大きい台風も来なかったからだ。糖度のよい収穫が期待できそうである。育ちのいいきびは、ブリックスの度数が上がるだけでなく、刈り入れが楽になる。こうして、下葉落としも、能率が上がるというものである。真っ直ぐのびきった茎は四・五本ずつ土くれを突き破り、天に垂直に伸びている。昨年は二度も台風に見回れ、きび畑はずたずたにされた。かきむしったように、四方に寝転んでしまったものは刈り入れまでに行う下葉落としが困難になり放棄してしまった。

枯れた下葉を刈り取ったあとは、大人が屈んで通れる長い通路ができる。先端の葉が日差しを遮るので気持ちがいい。じっとしているぶんにはひんやりするほどなのだけれど、鎌をふるって忙しく働いていると、顔が熱でふくれるほど熱くなる。日焼けしないように、タオルで頬かむりをする。きびの葉の刺にささらないようにズボンに長袖の上着、軍手と完全装備なのだ。その暑さときたらまるで、サウナの中にいるような気分だ。田舎へ戻ってから三年になるが、この頃ようやく、日がな農作業に従事することに馴れて来た。高校まで村にいたので、畑仕事から薪とりまでなんでもやったという自負があった。特に今砂糖黍ばたけになっているこの辺は田圃であったから、苗代作りから田植え、稲刈りまで手伝った記憶がある。しかし街の暮らしのほうが長くなっていた。体がついていけなかった。はじめのうち、二、三時間もたち働くと、翌日は体の節々がいたみ、熱がでる始末であった。この頃は、きびの手入れで汗をかくのは、健康にいいし、ただでサウナに入っているようなものだと、思えるほどになっている。

あいは、畦道に出て下葉を落とした畑をほれぼれと見渡した。数日前に始めた時は大層先のことだと溜息がでたが、一歩一歩進む中にこんなに見事にきれいになった。

いくら眺めてもあきないけれど、村の人に見られたらみっともないので、さりげなく装う。そしてしばしば休息をとる。慣れたとはいってても根をつめると、腰をやられてしまう。毎日のことだから余力をのこしておくのである。ずっと農業をしていた人だと、午前十時と、三時に休みをとるのが習いである。畑の端にアコウの木があってその下で持参の茶と黒砂糖をつまむのは気持ちがいい。

晩秋の空の色はブルーに白色を掛けたように淡く、やさしい。その空の下の村はくっきりと浮き立って、でっかい額縁におさまった絵のようである。

畑の畦道を姑のツルがやってくる。働き過ぎて湾曲してしまった両足は歩を変えるごとにかしぎ、大義そうに見える。気はせくのに思い通りに行かないものだから、ツルはいつも遠くから話かけてしまう。いまもなにか言いながらやってくる。

「あいこー。今村なかで那覇から来た人にみやぐしくは、何処かと聞かれたよ」

姑はあいのことを、あい子という。方言のアリにまちがえられるので、「あいです」と訂正してみるが、いっこうに効目がない。

「ちゅらかーぎーが、ちん（和服）着てぃ村中歩くとぅめだちよ。あんやさ、くま通るかもしれんさ。川ぬくと聞ちょうてーくと」

「川が……」

「みやぐしくの前にタンクぬあて、うぬ横から川へ行けたしが、道が消えてねーんで」

「なにしに来たのかね」

那覇と聞いて、あいは一瞬懐かしさが鳩尾《みぞおち》を擦り抜けた。しかし次の瞬間身構え、しぶい顔で姑を見た。姑もあいの気持ちを察したらしく、

「マサルとは関係ねんよ」といった。

昨年夫の建築請負業がゆきずまり、住宅と屋敷を処分して借金をかえした。二人の子供たちは高校を卒業して働いているので、会社の寮に入ってもらった。あいは思い切って村へ帰ってきた。

夫は一人で那覇で暮らしている。仕事の意欲を無くして、その場しのぎの生活をしている。あのとき、母は山を売って金を工面する気で買い手を当たってくれた。坪一万の値を付けるのもようやくであった。山原では、先祖代々の山を売っても、借金の足しにはならないとわかって土地を手放すことをあきらめた。

まとまった金を作るのは至難なことだということがわかった。自宅と屋敷でかなり

の金になったのがせめてもの救いであった。

結婚以来、外で働いたことの無いあいは途方にくれた。子供たちが大きくなっていたことと、自給自足で、生活できる田舎があったのは、有り難いことである。そうでなかったら、あいはいまごろ、身を売るはめになっていたかもしれない。とにかくコツコツ働いて金をつくるほかないのだから。あいは当面きびづくりに精をだして働くことにしたのである。

去年のきびの収穫は五十万ほどになった。しかし、苗代や肥料代を農協に支払い、刈り入れの人夫賃や、工場へのトラックでの搬入などの諸経費を差し引くと、儲かったと言えるかどうかよくわからなかった。村ではたいていの家庭が女年寄りばかりだから、きびづくりといってもたかがしれていた。せいぜい小使い稼ぎにしかなっていなかった。それに山あいを流れる川っぷちに、はうように成り立つ村だから、耕地も限られている。しかしほんのわずかでも、まとまった現金がはいることはありがたかった。今年の砂糖黍の収穫が気になるところである。

あいは夫がまた何か、しくじるのではないかといつも不安であった。

債権者が遙々ここまで、追ってくるのではないかと案じたのである。しかし、あいの取りこし苦労だったようで、幸い一度もそういう者は訪ねてこなかった。この頃ではすっかり気をゆるして居られるようになっていたのだが。「お姑さん、ほんとうでしょうね」

あいは念をおす。

「御願しーがあらに。くぬぐる町方ん人《チュ》たーが、ゆーめんせーくと」

たしかに数日前、車を五台も連ねて、一族でやって来た人たちがいた。みやぐすくの村長をしていたおじーを頼ってきて、世話になったという。このまえの戦の時のことである。

十月十日の那覇の町が壊滅するほどの空爆を受けたあと、田舎への大移動が始まった。軍の方針というばかりでなく、恐怖におののいた人々が知人友人、親戚などをたよって、逃げのびてきたといっていい。昭和十九年のことである。その翌年の四月、米軍が上陸し、この村の者は疎開者ともども、さらに奥の山へ、避難した。人の踏み入ったことのない山原の山々は飢えにのたうち回る人々の声にみちることになるのである。

数か月経って村へ戻った人達、とりわけ疎開者の変わりようは目をおうものがあった。街からやってきた時の品のいい顔だちは消え、痩せてくぼんだ目の奥に、ある者は鋭い疑いをひめ、また別の目は死んだように意志を失なっていた。靴を芋や塩などと換えてしまって、はだしの者も多おかった。すこしずつ明るさを取りもどしていったが、下山直後の村は妖怪の村であった、とあいは母から聞いていた。それを今思い出していた。

四十年たったいま、あのころの痕跡を残すものはなにもなかった。この村にあんなことがあったということは思い出す人さえいないように思えた。ところが、三十三年忌のころから急に、疎開していたという人たちがたずねて来るようになった。

あいは、車をつらねて来た人たちが、村の神屋ーをおがんだ後、やはり川原の一角に線香をゆらめかせていたことを思いだした。乳飲み子でも失ったのであろうか。それとも幼い子を飢餓死させたのであろうか。当時この村まで生きのびてきながら、力つきて死んでいく者があったと聞く。長い山中生活の疲れと、栄養失調がたたったものらしい。

一団はそそくさとその場を立ち去ったのであった。世話になったという、みやぐすくは主を失い、末裔たちはみな、街へ越して戻ることもない。あいは車を連ねてはずんできたであろう人たちが、みな寡黙に、ふくらんだ感情のおさめどころを失なって、つっ立ている姿をみた。さびしげな姿が忘れられない。その気持ちをあいも味わった気がしていたから。

夫の仕事の失敗であいが、久し振りに戻った日、まず村の生活の中心であった水タンクが消えて後かたもないのに落胆した。戦前戦後を通して、タンクは水をたたえ、コンコンとてっぺんをあふれ落ち、周りの敷石を洗い、きれいなままで排水溝へそそいでいた。村中の者が樽おけを天秤のようにかついで水汲みにきた。人々はこわだかにしゃべり、子供たちは母達のまわりでじゃれあっていた。人々は貧しい暮らしもわすれ、はじける笑い声をぶっつけあって、活気にみちていた。山での暮らしから抜け出せた喜び、長い戦争に終止符がうたれた幸せに、人々の心はおさえようもないほどはずんでいたのである。出征さきから戻らない家族の不安も明るい期待にかえてしまうほどであった。

あの水ごけで黒みをおびた、威風堂々のタンクが後かたもなく撤去されてしまったのは淋しさを通りこして、心の安定を欠いてしまったように思う。四十年ぶりに疎開先を訪れた人たちも記憶の手掛りを失って、困惑したに違いない。おまけにそのタンクに正面から向きあっていた。村長さんの赤瓦の大きな家が石塀だけ残して、壊されてしまっていた、その後に、若い夫婦がプレハブの小さな家を建てて住んでいた。まわり廊下の籐椅子で村長さんはいつも本を読んでいた。その廊下の突き当たりに厠があるらしく、陶器の立派な手洗い場があった。

その家は、近づきがたい威厳をたもっていた。それが今はどこの誰ともつかない人が借りて住んでいるというのがあいには妙な気がしてならなかった。ある日あいはなにげなくその屋敷へはいってみた。池とそのまわりの果樹は枝をへし折られて残っていた。レイシ、バンジロー、カーブチミカンなど石塀によじのぼって盗みぐいする餓鬼がいたし、台風の後はあいも落下したものを拾って食べた思い出がある。なにより寂しさをさそったのは、屋敷の真中にポツンと村ではめずらしかったホウロウびきの手洗いが取りのこされていたことである。その村長さんの家には、お世話になったと訪ねてくる人が何組もあった。親子、兄弟でもエゴをまるだしに仕合った戦時に、村長さんは温かく、疎開の人たちに接していて、村長さんの家だけでも十世帯の家族を住まわせた。母屋は勿論、別棟の書斎から穀物貯蔵用の高倉も全部解放した。疎開の人たちが感謝している理由は外にもあった。軍に供出するために保管してあった米を、村の疎開家族に数回にわたって配給したというのである。並の勇気ではやれないことであった。「目の前の不幸を救うのが天の道だ」と言ったと語り伝えられていた。

2

「ここから真っ直ぐ川へでられた」

と女は言い、姑が
「あらんむん、川への道や上屋ーぬ前ーからどやんむん」

姑と誰かがきび畑のそばで話していた。あいはきびの下葉なじに、熱中していて人の近づくのに気がつかなかった。

姑が話していた女に違いない。

二人とも自分の考えを固持しているように聞こえた。女の声にかすかだが、聞き覚えがある。頑固な人だと思いつつ外へ出てきた。

「あれ、上間さんじゃありませんか」

呼ばれた女は、すぐにはあいだと断じかねたようであった。あいを見ていたがしばらくたってから
「あいさん」

「このかっこう、びっくりしたでしょう」

「踊りの稽古にこないので、和紙工芸の教室の方に聞いたのよ。事情があってしばらく休むといっていたからどうしたのかと思っていたわ。」

「ええ、急だったものですから」

「あなたが農業をね。えらいなー」

彼女は琉球舞踊教室で教えていた。その時御世話になった。あいの親友のやっている和紙工芸の教室に、彼女の友達がいたので、よく落ち合ってお茶を飲んだものである。

「上間さんこそどうなさったんですか」

彼女はあきらかに狼狽のいろをみせ、彼女の困惑のもとと対峙することを避けたいと思った。

「那覇のみんなは、元気ですか。すっかり田舎に引っこんでしまって……。上間さんこんなとこで会えるなんて奇遇ですね。なにか……」

あいのもの問いたげな視線を外すようにして、彼女は川の方へ歩きだしていた。

「やんばるもすっかり変わってしまいましたでしょ」

あいは追い掛けるようについて行きながら聞いた。裕美は黙っていた。川の場所は姑がいったことが正しかったのだから、知人に頑固な一面を見せてしまったことで、ばつが悪かったのかもしれない。

それから裕美は、目の中の景色をなぞるかのように、村を取り巻く森や、遠くの山々にせわしく視線をはしらせていた。

「ねえあいさん、向かいの森の形ね、少し変わったみたい。それに、もっと大きな森だと思っていたんだけど……。それから逃げまわったのはあの山々だったのね」

森に囲まれた村の視界はそう広くはない。しかし、川のために一角が切れて、そこから遠くの山々が見わたせる。裕美は遠く空を泳ぐような目をした。よく晴れているので、幾つもの山が行儀よく重なって写った。イタジイの群生は山の形を美しく見せ、底深い豊かさを想像させる。事実最近その奥深く貴重な鳥や昆虫たちが生息していることが話題になったばかりである。しかし、あの山は哀しい思いを秘めた山だ。野草や、木の葉を茹でて食べた。塩っけのない、きつい匂いにむせた。一日にそれだけの日が続いた頃、あいは、母に黙って、祖母たちの避難小屋を訪ねた。祖母はあいにいつも優しかった。だから祖母の所へ行けば、きっと食べ物がもらえると思っていたのである。しかしおじさんの家族は、祖母も含めてあいを歓迎しなかった。子どもながらに素っ気ない様子を感じとったのである。帰りはすっかり日暮れになっていた。傷つくといえば、最近そのイタジイの群生林がいくつも谷川から尾根へバリカンを当てたようになぎ倒されていることを、あいは知っていた。せっせと予算執行しなければならないのだから、働き者の林業の人たちは誠実に山を刈り取って行くであろう。刈り取った後には、イヌマキやエゴの木が植林されていた。エゴの木は育ちがよく、琉球漆器の材料にもなるという。幹のはだもよく、若葉はきみどりのいい色をしている。地面をのぞくように一斉に咲く白い花も風情があっていい。しかしあいは山原の山を包みこむのには、イタジイが一番だと思っている。風雨にたえ幾重にも屈折した枝ぶりのよさ。小さいが固い葉がびっしりと肩寄せて、灼熱から地表をまもり、雨水を溜め、大事な川を涸らさずに保つのだから。

「この畑は仲村さんという家のものでしたよね。ここで芋を……」

「いいえ金城のおばさんの家のですが。仲村はわたしのうちですけど」

「ええっ。あなたのー」といいかけて裕美は口をつぐんだ。さっきの川への道といい、森の形といい記憶があいまいになっていることに不安を感じてきたらしい。

川へ通じる道沿いの、紫いもの畑は隣の金城の小母さんのものだ。一昨年の暮れこの畑をトラックに荒らされてひどく怒っていた。国有林からチップ材を切り出すために林道を切り開く際、川原の砂利をとるためであった。小母さんの畑が手入れが不十分であったので、離農者のものだと許可なく使用したらしい。小母さんは役場に出かけて抗議したがらちがあかず、那覇で大きな建築会社をしている息子さんが、方々当たって、使用願いを出させ、借用料も取ったのである。ダンプは使用料を取られた腹いせのつもりか、ずたずたに畑をひいていやがらせをした。おばさんの息子さんがまたやって来て、前よりきれいに復元させた。村のものは息子の立身出世を羨ましく思ったものであった。心の内では「どうせモーなしているはるなのに」と言う者もあった。

林道が出来、村の中をダンプがシイの木を積んでばく進するようになった。村の若者の雇用促進になるとの期待は見事にはずれた。村から林業組合に雇われた者は二人しかいなかった。めし炊き婦と村役場を退職した男であった。退職した男を雇ったのにはやっかみ半分の噂がとんだ。つまり在職中に、情報を提供し便宜をはかったのだと。国庫予算の補助を受けて事業をしているというが、村はいろいろと迷惑をこうむっていた。

村のお嶽の中をダンプが走り、おどろおどろした、畏敬の森が白昼にさらされたのである。村の者は自分がさらしものになった時のように、とっさにはどうしていいかわからないでいた。幼い頃「お嶽に入ってはいけない。おたきの木は切り倒してはならないし、枝を折ってもいけない」と言われたものである。こうして、山が荒れてみると、あれは昔の人の知恵ではなかったかと思えてならない。アミニズム信仰のれいけんあらたかな所として、人を寄せつけないということは、つまり山を護り、水をまもり、田を潤おわせることではなかったか。四方海に囲まれた島では、たびたびかんばつに見舞われるから、水を大事にすることは信仰にも近い気持ちであったに違いない。降った雨水が海へかけ抜けないように、森を、木を慈しんだのであろう。

林道ができてから、川の水かさがどんどん衰微し、逆に川原がみるみる肥大している。

村の者はこの頃になって、やっと金城小母さんの、林業組合にとった態度に敬意をはらうようになっていた。小母さんは女だてらに、区長に当選したのは村人のそんな気持ちの反映があった。

小母さんは子供たちがみんな街に出て一人住まいである。今年は区長にあたっているので、村の仕事が忙しく、あのときすぐ植えた、芋の収穫もままならぬらしい。あぜ道のくさも伸び放題で、着物姿の裕美には気の毒だと思ったから、あいは歩調をおとして歩いた。芋畑と川原を仕切るように、すすきやちがやがおい繁っている。まるで風雨よけにあみこんだかのように。

川原は小石がごろごろしている。川はと見ると、片隅におしやられたように対岸よりを小川のていで流れている。押しながす勢いがないから、所々に木の小枝や、枯れ草などがからまっていた。

あいは、きび畑にきてこの川を見る度に、やりきれない寂しさを感じていた。このさき、川が蘇る可能性はないように思える。それどころか、一滴の水も流せなくなるのではないだろうかと。

　いまでも、目をつぶると、浮かんでくる光景は豊かな川である。山の緑がとけでたような、深みどり色をしていた。早く深く、そして広く、川いっぱいに互いに歌いながら流れていた。手をとりあって掛けていった。少し雨でも降ろうものなら、とうとう雄々しく流れたものだった。台風や豪雨のあとの怒り狂った川原には、ちかづかなかった。

　そっとそっといきどうりのおさまるのを待って、すっかり普段の顔へ戻った時、村じゅうの子供たちが水しぶきをあげて川浴した。川瀬の石を起こすと、敏捷なてながえびがいた。カーブになって水の勢いのゆるむところは、川狩りの穴場になっていた。えびやふな、時にはうなぎが穴にひそむこともあった。タカの渡る秋雨の頃には山から、恵の使者のように、ケガニが降りてきた。太いヒグマの手のように黒い毛で覆われていたが、身がいっぱいつまっておいしかった。

3

「川原ばかりがやけに広くなっちゃって」裕美は変りはてた風景に言葉少なにいった。その川原も草が繁茂し、あれはてた叢と化している。

裕美は、対岸のおわんを伏せたような森と川をおし計るようにしながら、どんどん川の上手の方へ歩いていく。あいは距離をおいてついていった。裕美はたちどまって川と畑を遮断したハイキビのほうへ草をわけいっていく。腰のたけほどに生い茂った雑草をものともせず、突進するということばが相応しいようにみえた。あいは、裕美さん用たしかしらんと思った。彼女が突如かがんだからであった。それにしては時間がたちすぎる。しばらくたって、額の汗を手の甲で拭きながら、裕美がもどってきた。あいは急に腹痛でもおこしたのかしらと、裕美の顔をのぞく。彼女はにこっと笑って、手にもったへらをみせた。バックにでも忍ばせてあったのであろうか。

「びっくりしたでしょ。ごめんね。ちょっと手を洗ってくる。」と水のほうへこ走りにかけていく。マニキュアの赤い爪がべっとり泥でよごれている。土を掘りおこしていたらしい。かがんで手を洗っている裕美の後ろ姿に、あいは電気にでもふれたように幼い頃の一人の少女の姿をみた。

「ゆみ、おながのユーミーだ」

いつも神事を行う広場の森に通ずる、階段の登りくちにうずくまって、一人で遊んでいたユーミー。何時間も松の枯れ枝で地面をつついていた。村の子供が通り掛かると、さっと立ち上がって、「あそぼ」と笑いかけるのであった。断られてもへこたれずに、つぎのチャンスをまつのである。

あまりしつこく遊びたがるので、反射的に「いや」といってしまいたくなる。それからもうひとつ、子供たちが遊んでやらないのにはわけがあった。むしろそのほうがあいのなかにもっとも鮮烈にやきついているユーミーに関する記憶であったろう。そのことを話題にするのもはばかれるほど、気の毒なことであった。おそらく裕美自身、四十年たってもあの屈辱からのがれられないであろうとあいには感じられた。

あいは琉舞研究所でのある光景を思い出していた。あの日、裕美は山原を散々こきおろして仲間たちのひんしゅくをかったのだった。あれはたしか和紙工芸の人達が芭蕉布と同じ原料かどうか、から「山原のただずまいもいいけれど、人間が一番だ。善良な人たちだ」と言ったことにたいして、裕美がとつぜん激しく否定したのだった。

「ぜんぜん違うわよ。わたし善良そうな顔をした、偽善者を何人も知っているんだから。そりゃいい人もいるでしょうよ。だけど口が悪くて、デリカシーのない人。なかなか抜けないなまりなんかどうでもいいのよ。そうじゃなくて、なんかきたないのよね。私達にはようつかいきらん言葉を、平気で使う……」みんな黙ってしまった。一人だけ「そうだ、私も思いあたる人がいるわ、あの人たしか、北部の人だったと思う」とあいづちをうった。

「山原の人みんなを一緒くたにするのは正しくないとおもわない」和紙をやっているあいの友人が抗議した。

それでも裕美は、意地になって山原と、そこで育った者を侮辱したのだ。あの時はどうして、こんな酷い言われ方をしなければならないのか、とただ哀しくなっただけであった。裕美が疎開先でつらい思いをしたなどと知るよしもなかった。

ユーミーの住まいは、石段の横のTさんの家であった。母屋でなく、山羊小屋にわらを敷詰め、その上に板を敷いただけの住まいであった。そこに母親と二人で住んでいた。そのユーミーの母親という人が気の毒であった。

頭はいつも、唐草模様のずきんですっぽり包んでいた。眉毛が抜けていて、青白い顔をして、ひどくこけて見えた。子どもたちは、ユーミーのことを「ヘーガサーユーミー」とあだなしていた。ばいきんが移るとはやしているのも耳にした。

彼女はけしてヘーガサーなんかではなかった。きめこまかい肌をした、垢抜けした少女であった。母親のことを当てこすっていったのである。

あいは、異常な裕美の様子をおもいだしてから、もしこの人があのユーミーと同一人物であれば、どんなに心の傷を負ったことだろう。山原の人の悪口をいいたくなるのも無理はないと、納得されるのであった。

あいは自分も十・十空襲で焼け出され、那覇から両親の故郷へ疎開してきたのであった。父は出征し、母と二人で三日かけてようやく、山原にたどり着いたのである。親しい友達もいなかった。というより、村の子供たちになかなかなじめなかった。それなのに村の子供たちの動きをじっとみている子だった。その目にやきついていることがいくつもあった。そんな孤独な子だった。だからユーミーに自分を見ていたのかもしれない。その裕美とあの頃のことをゆっくり話し合ってみたい気がした。

「裕美さんこれからたつと夜になります。運転はきけんですので泊まっていって下さい」

「そうしたいけど、あす十時にだいじな用があるものだから」

「朝七時にたてば、九時にはつきますよ。話も聞きたいし……」

あいの強いすすめで裕美は一晩泊まって、朝早く那覇へかえることになった。

4

「わたし、戦争のとき、ここにいたのよ」

裕美の後の言葉を待ったが、裕美は遠くを見るような目でだまっていた。

「苦労したのでしょうね」

いいながら、あいはおながのユーミーのことを意識していた。そして、なぜか不安がよぎった。戦前、戦後をつうじて、街から沢山の人が、疎開してきた。この村始まって以来の人口を擁し、にわかだが活気にみちたものであった。しかし「ひなんみん」という言葉に少しさげすみのニューアンスのこもっていたことを六歳のあいも記憶している。

あの当時、どのように街の人をうけいれていたか、気になる。親切にしてあげたろうか。あいは上級生達がユーミーのことを「うそつき、うそつき」とののしっていたことを思いだした。遊んでくれたら毬をあげるとか、なにかと毬をだしにしていた。毬を約束しながら果たさない。だからうそつきというのであった。たしかに彼女はいまおもうと、テニスの硬球だった黄色い毛に覆われた毬を一つ、だいじに持ちあるいて、村の子供たちをうらやましがらせていた。あのズキンをした母親がテニスをしていて、避難の間も大事にもち歩いたのかもしれない。あの時代に、毛まりがたやすく手に入るわけもないのに、村の子供たちは一日、二日も待たずに約束不履行をなじった。彼女も出来ないことを約束することはよせばいいのに、こりもせず、つぎつぎ毬の約束をしていた。芋とひきかえだった子もいた。ユーミーは逞しく生きたというべきか。あいは直接ユーミーと話をしたこともなければ、あそんだ覚えもない。それなのに、彼女がいじめにあっていた場面をはっきりとおもいえがけるのであった。

「あいさん、ここに水タンクなかった？」

「わたしも戻った時に、ショックでしたよ。あのタンクはでっかくて、永久にそこにある物だと思っていましたから」

「心のよりどころだったのよ。わたしは目をつぶると、いつもあの川の水の流れとタンクの音、そして石段の森がうかんでくるの。あの音、タンクにおちるドドドという」

裕美は目をとじて、耳にやきついた音を聞いているようであった。

あいもあの頃、夜中にふと目をさますと、川のせせらぎの音とパイプで引いた水の、タンクのつぼへ落ちる音が聞こえた。昼間想像もつかないほど大きな音となって迫ってくるのであった。あの音は時には安堵をさそう音として、ときには自分を襲う魔物のように怖く、また哀しく泣いているように聞こえたこともある。あの音を聞きながら、ほんの数か月の間に天と地が逆になったような境遇を思い、またあの川のせせらぎの音に那覇の家での生活を思い出した。友達はみんなどうしたろう。ひとり一人の顔が浮かんだとたんに涙がこぼれた。とても哀しかった。母のふところにしがみついて泣いたこともあった。今ふと裕美も同じ思いで聞いていたのではないかという気がした。ユーミーはそのすがりつく母をこの村で亡くしていた。

「タンクは、各家庭に水道がひかれるようになって、村の常会でだれかが壊すことを提案したのだそうです。林道へダンプを通すため村の道を拡張することになった時、タンクあとがそっくりダンプ道になったものですから、ダンプ道の青写真がすでにあったのではないか、と噂されたんです。勘繰られてもしかたないと思うんですよ」

「あいさん、村を一回りしたいんだけど……」

あいは自分も一緒にとおもった。帰郷以来、共同売店と畑を行ったり来たりで村を全部みているわけではなかったから。しかし裕美は一人で行きたい素振りだ。

「じゃー私は夕飯の支度をしておきますから。ふろも沸かしておきますので、今晩はうちに泊まってくださいね」と念をおして別れた。

5

「ちゅらさんやぁ。う神のぐとやさ。首里城のうみないびやさ」

「踊りを教えているんですよ」

「大和の人みたいに色が白いね」

あいは自分の手をそっと見た。軍手をして、直射日光には気を配っているが、日差しの強さをはねかえせない。裕美と比較してみると、明瞭だ。

「沖縄の人も、日に当たらないと白いネ。みんなじー黒ーかとおもったさ。ところであんたたちどんな友達かねー」

「釣り合わないというんでしょ。わたしだってマサルが儲かっている時は綺麗にしていましたから」あいの胸を「あんたの息子がしくじったからこんな目にあったのだ」という思いが駆け抜けた。もちろん口にはしなかった。

「琉舞研究所で一緒なんです」

「へーあんたが踊りをね。だったら老人会の時踊ってくれればおじー、おばーたー喜ぶのに」

「いくつも踊れないんです。彼女は先生の一番弟子で先生に代わって私達に稽古をつけたんですよ」

「センセイナー」

「お姑さん、街ではみんな何か一つ、稽古ごとしていますよ」

「どこからそんな暇あるのかね」

姑は街の主婦たちが、ならいごとが盛んだということがどうも納得できないらしい。そんな余裕があるということが考えられないというのである。戦争をくぐりぬけ、戦後の食料難を身体をはって、切り抜けてきた世代にとって、稽古ごとをする女に良いイメージは持てないらしい。

あいは「加那ヨー」の稽古の時、自分だけとくに注意が多かったことをふと思いだしていた。

「あんたのは、ダンスをしているみたいよ。身体をゆすらないで、ほらそんな無神経な歩き方を」裕美がそういうとみんながどっと笑う。

「首は右の方にむけるのよ。ほらまたウチャゲーテ。手はほっぺじゃなくて、あごの下なのよ。意味を考えてごらんなさいよ」

やめてしまおうかといくど思ったかしれない。しかしあいは割合執着しないたちで、汗をふいて喫茶室に移動するころには、裕美を憎く思う心はほぐれているのであった。裕美はあいを山原の者と知って意地悪していたのかしら。しかしそれはどうでもよかった。

義母とあいはお盆以来の客なので、張り切って料理を準備した。肉や魚はとっさには得られないけど、山菜のかきあげや海草どうふに、ニガナのとうふあえとすぐ出来る自慢料理をそろえた。

「お姑ーさん、モーイ豆腐にいれる蒲鉾が売店は売り切れだったんです……」

「椎茸をもどしてあるから……それと魚のかんづめあけるといいさ」

「味は味噌あじにします、それとも塩あじがいいですか……」

「シュイナーハンチュには、スー味がいいよ」

モーイ豆腐は母の得意であるが、あいをたてる心使いからこのごろあいにまかせている。にがなの豆腐みそあえ（インガナズネーという）だけはあいは母の領分として

「私自信ありませんから」ということにしていた。義母は料理の手を休めずに
「その友達やぬーしがちょうてぃ。うがんるやてぃ」

「ええー。安里やーにいたおながのユーミーって女の子覚えていませんか」

「安里やーの疎開者は三家族やたるはじどー。上座にいたのがちっとえらい人たちで……それから物置を改造して六人家族、こどもがぴーぴーみんな小さかったので食料にこまって、下から二番目が命落とちゃんドー。まってよ三番目の子かもしれない。ユーミー……あいえな、あい子ーよ。ユーミーっておかーが病気で亡くなったくわやんどぅ」

義母がなにから話していいかわからないというようにためいきをいくつもはいた。

「お姑ーさん。あの人ユーミーと思うよ。本人はいわないんですが、踊りの稽古で初めて会った時から、どこかであっていると気になっていたんです」

「そうさねー。わたしもあの親子のくとや、四十年たちょうてんわしららんさー。でもあの子は子供だったから、母親のほうがもっとかわいそうで気の毒だったよ」

「裕美さんのおかーさんのことご存じなんですか」

「うーん少しぐわーね」

あいはどんな病気だったのかすぐにでも聞きたかった。村の子どもたちの間で囁かれていた、梅毒という病気だったのかたしかめたかった。しかしこわいような気がして、聞くのをためらった。それに、栄養失調だったかもしれないとおもえてくる。

「裕美さん川原の叢にかがんでなかなか出てこないんですよ」少し言いよどんでから、手をよごしてもどったことを話した。

「あの川原は疎開してきたたちゅたぁが、埋葬場所やてぃくと。それぞれの街や村へ戻って生活を建て直した家族は骨をひろいにきたんだけど。その日その日の暮らしに追われた人もいて、そのまま放置した骨もあったわけ。戦後数年たってから村の男たちが総動員でむら墓の近くにまとめて、そして碑も建て供養してあるのよ」

「裕美さんにそのことを教えてあげなくちゃー。彼女のこと、みんながひどく邪険にしていたんですよ。今言ういじめです」

言いながら、カルチャーでのあいにたいするいやがらせに近い態度や山原の人は偽善者と激昂した時の裕美の様子がまた思いだされた。どんなに罵倒してもしきらないというように、そして決まって最後は急にだまりこくなってしまって、仲間たちは何ごともなかったようにおしゃべりに興ずるのであった。

暗い話をさそうかのようにあたりは夕闇が押し迫っていた。いつもはすっかりやみが部屋をみたすまで明かりをつけないのだが、街から来た客に心細い思いをさせてはいけないと、部屋じゅうのあかりをつけた。かなしい話をふきはらうように、まるで祝いごとでもあるような気持ちになってきた。母も元気づいて

「あい子。湯フルはどうなっているかね」

「あらら、忘れてましたよ。さっき大きな薪をくべましたから……見てきます」

料理もすっかり整い、湯かげんもほどよい具合になって、裕美の遅いのが心配になってきた。母も同じ思いらしく

「あい子、安里ヤーまでいってごらん。行くとしたらあましかないよ」という。

裕美が山羊小屋にいた安里ヤーは、年老いたおばーが一人、ねたり起きたりの暮らしをしていた。記憶がかすみがちなおばーとこんなに長い時間、話していられるだろうか、思い出というよりも辛い場所なはずだもの。

あいは村の辻々に、枯木にぶらさがるようにつるされた、裸電球の下をいくつかくぐって、裕美がいつもかがんでいた、石段のよこを通り安里家《ヤー》の前へでた。ひんぷん

の前で少し躊躇してから、そっと庭の奥の母屋をみる。一番座の縁に近いほうに裕美が姿勢よくすわり、奥にうずくまる、黒い人影になにやら強い口調で話しかけていた。

以前あいたちと口論した時の声ほどではないが、穏やかとはいえないものであった。

「おばーこんばんは」あいはとんきょうな声をだしてしまった。

裕美は姿勢をくずさず、あいが意外に思うほどにこやかな顔でふりむいた。

あいはほっとした。

「姑が迎えに行くようにというものですから」

裕美はそれには答えず

「あいさん、おばーさん私のことぜんぜん覚えていないのよ。いろいろと試みたんだけど、まるでぷっつんなの、わたしこの人に会ったら母の代わりに言わなきゃならないことがあったの。それがみて、この調子なんだから、哀しいわ。いいえ悔しくて、どうしたらいいのか。それで無駄な時間を過ごしてしまったってわけなのよ」

安里ヤーのおばーは胸がひざにつくほどに身体を折って、うつむきかげんに、庭にもれた明かりの先をうつろに見ている。

あいは裕美がこの年月を重ねて縮まった年寄りにどんな話をしたか、しらない。しかし裕美にとって恨みつらみの存在であることはこの場の様子で察しがついた。裕美は生きる力のもとであったおばーの今はただのぼけ老人になってしまったことに、感情のぶっつけどころを失って、もがいているようであった。

「ハナコーありやたーやが。茶ーいぢゃせー」

おばーは嫁に行った、娘の花子と裕美のことをとり違えている。時々顔を合わすあいのこともわからないらしい。

「ハナコー、さーたーんあいさ、いざせー」

裕美はハイハイと言いながら、おばーの指図どおりに動いている。あっけに取られているあいを見て、笑っているような、泣きだしそうな顔をした。

「さっきからこうして、二人でやりとりしていたの。こっけいでしょ」

おばーの洗濯までしてしまったという。

「裕美さん、おばーだいぶ前からこうなんです。街でおかしくなってもどってきたんですよ。それより風呂がさめないうちにどうぞ。姑さんはあなたにごちそうすると一生懸命きばったのですよ。さあ」
裕美はたちあがって、仏壇に手みやげらしきものをおいて庭におりた。その時おばーが「どうも、あいすみませんでございました」ふかぶかと頭をたれ、なれないていねいな詫びかたをした。おばーは裕美のこと知っていて、お芝居していたのかなと思った時「ハナコー、夕ばん作らんぐと、まーかいなー」と裕美の背に投げるような声をあびせた。裕美は「なにか落ち着かない気分だと、胸のあたりをかきむしるしぐさをした。

6

「どうぞここが私のうちです」
「あいさん、実家、それとも嫁ぎ先かしら」
「とつぎさきです」

「この家に私と同じ年の仲村マサルさんていた」

「主人です。覚えていらっしゃるんですか」あいはすこし心配であった。ユーミーの記憶に残るということは、マサルも裕美をいじめたのかしらと……。

「あなたはマサルと結婚してたの……」

姑は門口まで、出迎えていた。姑はそういう情深いところがあった。

「おかえり。すぐおふろから使ってください。あい子あんたのなにか着るものだしてあげたら……」

田舎のことだから、とっさの客の備えなどない。あいは盆のエイサーに着た浴衣をだした。のりつけしていないので出しそびれてしまう。踊りをしているときは着物には気をくばっていたが、毎日畑仕事をやるようになって、いちども着物を着たこともない。盆に浴衣を着て、しまうつもりでのりもしないでおいてあったのがせめてもの救いであった。しかし裕美はバックのなかに浴衣をもっていて、それを着て寝るから、気を使わないでといった。さっぱりした浴衣にミンサー帯をしめて。彼女は稽古場でもいつも着物をきちんと着るまめなところがあった。あいは裕美の用意周到さにあらためて感心した。

「ちゅらさんやー。女の私でもうっとりするむん。男がぬちゃーがみたらとりこになってしまうよ」あいもそう思った。湯あがりの浴衣すがたはまた格別だ。母は臆面もなくというか、卒直というかうっとりみとれている。ほんとに裕美の綺麗なことは、ねたましいくらいだ。色白はななくせかくすという。しかしそればかりではなかった。

「そうだあんた、うちのマサルと川へフナとりに行ったことがあった。おぼえているかなー」おかあさんに食べさせたいという気持にマサルは同情して連れていったという。

「ええー」裕美は涙ぐんだようであった。涙をおしころした声で

「わすれません」といった。こみあげてくるものをおさえるようにいくどか、あごをたてにふってから、

「あのとき、二人でフナをとりにいったんです。帰宅が遅いと叱られて、それから急にやさしく私の頭をなでてくださいました。芋を両手にいっぱいくださったのです」

「そんなことしたかねー。おぼえてうらんしが」

あいは裕美の話をきいて、さっきねたましいと思ったことをすぐ取り消した。あんな可愛そうな少女は美しい女になってもともとだと思ったのである。彼女にはもっと幸せになってほしかった。

女三人は深夜まで話をした。

裕美の母は安里家《ヤー》で栄養失調と過労が重なって死んだ。動けなくなった母のために、なにか食べさせてあげたいと、夜中に昼間通った川のそばの畑で芋を盗んだ。生のまま母の口に入れてやったが、かじる力も残っていなかった。その日、母屋の安里家《ヤー》で、てんぷらを揚げていたのを裕美は見ていた。暗い山羊小屋からは母屋のどんなささいな動きもよく見えたのである。あのてんぷらを一個でも母に食べさせてあげられたらと思い、母屋の台所の戸にいくども手をかけたが、忍び込めなかった。裕美は一人で那覇に引き上げた。引き上げの日はすごく寒い日であった。村の入口の岩影に風をさけて震えていたあの心細さ。軍のトラックに乗り込んでからも、家族ごとに肩寄せあっているなかで、一人トラックのさい後尾でひざに顔をうずめていた。涙がこぼれそうになると、「那覇でとうちゃんが待つててくれる」と自分を勇気づけた。その父は戦死。学童疎開の兄も疎開先で病死して、天涯孤独の身になっていた。戦後那覇もおちついてきたころ、親戚のものが母の骨を拾いにきた。その時裕美はかたくなに同行を拒んだ。親戚の人たちは、くわしい埋葬場所がわからないので、石を持ちかえったそうである。でも今日掘ってみたけれどなかった。もっと深く掘るべきだったのか、それとも洪水の時に流されたのか。

「掘っているうちに、どうでもよく思えてきたのよ。海へ泳ぎ出たと思うことにしたの、広い世界にね」

明日は踊りのコンクールの主演順をきめる抽選がある。連日稽古していて、師匠に期待されていた。あとひと月しか日数がないというのに、どうもうまく踊れない。師匠が邪念をはらってこいといった。自分にとってこの村があるかぎり邪念は払えないとおもう。そういってから長い時間が過ぎた。そしてゆっくりと言った。

「でも今日、少し楽になった気がする。いいえふっ切れたように思う」と。

「戦ゆーはみんな正気じゃなかったから、誰も恨んではいけないよ」と母はしきりに言う。「親子の情さえあやうかったもん」ともいった。

「あいさん、子供たち二人とも就職しているんだったわね。マサルさんは」

「子供たちは会社の寮にいます。ちょっとごたごたがありまして」

「よかったら事情をきかせて」

「ええ。主人が請負の仕事をしくじり、借金をつくりましてね。いまはタクシーのアルバイトをしながらどうにかやっています」

7

砂糖黍の穂が最初に開いたのは、十一月の二十一日であった。きびの先端にチンブウ竹のように二十センチほどの突起がにょきにょきと伸びだしてから、あいは穂の開く日を観察しつづけた。何月何日にどの畑から開花、そして穂の出揃うのは何日かかるかなど。残念ながら真先に穂の蕾の割れたのは、あいの家のきびではなかった。農協職員の男手のある家の日当りのいい畑であった。そこの家は推肥を根気強くつくり、土づくりにことのほか時間をかけていた。土つくりにもっと気を配らなければいけないのだと、あいは自然の理をあらためて知った。逆に村の入口のBさんのきび畑は四・五年も苗の植え代えをせず、古株から芽を出させているのであかちゃけて育ちが悪い。畑が踏み荒らされたように、株がごちゃごちゃして一見してわかってしまうから不思議である。

あっという間に村中のきびのはながさいた。ほんとにあれよあれよという間であった。

あいは毎日、刻々変わるきびの穂波に心奪われ、あきもせず眺め、眺めては仕事をした。仕事が終わると川へ出て手足を洗い、ほてった首や顔を清水でいやした。そうこうしている内に、十六日正月がやって来た。村中の者が帰ってきて先祖の墓の前で祝いをする大きな行事である。お正月と盆、それに十六日正月は村の三代祭といっていい。那覇などでは清明祭を一族郎党で墓前で祝うが、それと同じ規模で清明祭でなく十六日正月を死者の正月として、大切にするのである。

マサルはとうとう帰らなかった。あいの家以外にも街から家族の誰かが帰省しないところがあったと聞く。昔なら村中の評判になるところだ。いまは昔ながらのしきたりが消えつつある。道路も整備され、しかも車を持つようになって、日常的に故郷と街を行き来していることもあって昔のように咎《とが》められたりはしない。それなのにあいが、夫の帰らないのに気をもんでいるのにはわけがあった。

十六日（後生正月）で戻ってきた村の者が冗談めかしていった。「なったーすーや、女（いなぐ）とあっちゅんでどー。ちゅらかーぎーなやい目立っているとー」

そのことが気になってすぐにでも、那覇へ行ってみようかと思ったり、マサルに限ってという考えがせめぎあっていた。電話も教えられていない。債権者をまくためということであった。

裕美にちがいない、マサルをさがしあてたんだと思う。裕美がマサルに会いたいと思う気持ちは痛いほど伝わってくる。胸底にちくちく痛むものがある。裕美はあの日姑にお礼の気持だといって一万円おしつけていった。マサルが困っていると聞けば、援助を申しでるかもしれない。そう考えると、マサルに寄り添う女の影がにわかに膨れあがってきた。裕美とマサルの関係が真実みをおびて。想像されてしまう。家に泊まった時の風呂あがりにみた胸のふくらみと浴衣の裾の割れたところにかいまみた、どきっとするほど白い内股が目の前をちらついてしかたがない。マサルが裕美に夢中な姿態が想像された。姑が、男の人があなたを見たらとりこになりますといった言葉が頭をぶち抜きそうであった。マサルはとりこになって、裕美と二人で誰にもじゃまされずに、同棲しているのではないかしら。

家族にはアルバイトのタクシー会社の住所しか教えてない。借金取りから逃れるためと言っていたが信じられない。夫に対する疑いがもくもくと湧いてきた。

その時あいはあることに思いあたり、びくっとなる。あの日、裕美が帰りしなに「あんたの家、あそこだったわよね」と指さした家のことを思い出したのである。「いいえ」とあいは答えたが、裕美はもう車を走らせていた。だから、大事な「いいえ」をきいていないはずだ。あそこはあいの二つも年上、つまり裕美と同年のさとの家だったのだ。さとはユーミーの嘘つきを責め立てた一番の張本人であった。

間違えられたのではないだろうか。安里家《ヤー》のおばーがゆみが荒い声を出して「すみませんでございます」といったあの日から一週間後に亡くなっている。なぜか裕美と関連があるように感じられてならなかった。

踊りのコンクールの最高賞の入賞者の名前が新聞に発表されたとき、あいは裕美の名前を探したが見つからなかった。もし挑戦していたら、彼女の技量で落ちる筈がない。先生の師範代を努めるくらいの裕美なのである。舞踊歴も長い。これまでコンクールを受けなかっただけなのだと先生もいっていた。門下生の期待の筆頭なのだから、受験しないというのはよほど、身辺に変わったことがおきたに違いない。

「姑さん、わたしマサルのとこ行ってみます」

「そんなに心配なら、子供たち二人に行かせたら。電話させるといい」

「お父ーはお金持って、寮へ来たといったろ。仕事休めないからと。十万円もだぜ。あのおとーが。景気つきはじめたんだよ。心配するなよ」

十六日祝いに帰った息子はあっけらかんと言ってのけた。「すこしおしゃれになったみたいだったよ。ピンクのシャツ着てたんでたまげたさ」

これは娘の言葉である。娘は帰省するなら父のタクシーでと思い会社を訪ねたんだそうである。娘の女の感が何かを嗅ぎつけたのではないかと、あいは娘の目をさぐるようにみたが、娘は頓着せず、友達の家へと出かけてしまった。

8

十六日正月が終わると、山間の村はまたもとの静寂がもどる。正月の間、一瞬の間ではあるが、街から戻った者と、それを迎えた年寄りたちの歓声にも似た声々が村を包み、空に弾けた。そのエネルギーにあてられてか、横着な鳥たちも一時姿を消していた。朝はやく金城小母さんが一人ごとを言いながらやってきた。

「エーヒャーガラサー、カシマサンドー。あいちゃんいるかね」

「おはようございます。早起ですね。正月疲れはないですか」

「腰骨がポキポキいたんでいるよ。三日も子供孝行するって、けっこう疲れるもんよ」

「嫁さんたちにさせるといいですのに」

「みんな街育ちの嫁さんたちでね。あんまり難儀もさせられないしさ。ついつい自分がやってしまってね。性分だから仕方ないね」

「ほねやすみに、田舎へ帰るという気分でしょうね」

あいはマサルの失敗までは、自分も、姑を手伝いに来たという気持はさらさらなく、息抜きに帰ってきていたことを思いだしていた。清潔で合理的な街の家のキッチンになれた嫁が田舎の台所でたち働くのは、気分的にも、肉体的にもきついことであるのかもしれない。

「お母ーはもうサヤマメ畑にでたの。七十歳になっても元気でうらやましいね」

「小母さんだって元気そのものですよ。家の姑さんに負けませんよ」

「私は十歳も年下なのよあいちゃん。せいぜいあやからしてもらいます。そうそう、部落常会を開きたいので各家庭に回覧したいんだけど、一緒に回ってくれないかね。放送でも知らせるけど。年寄りは耳が遠いので、聞き違いをするといけないから」

どの村にも、自治公民館があり、部落総会でものごとを決めていく。そして連絡ごとはここから、拡声機を使って呼び掛けをするのである。あいの村では、公民館の庭の大きなセンダンの木のてっぺんにスピーカーをとりつけてある。便利な機器だが、そのスピーカーをとうして時報が流れるようにセットしてある。小さな山間の村にウエストミンスター寺院の鐘が鳴るのは奇妙なことだとあいは長くなじめなかった。以前鳴っていた、米軍の爆弾の薬莢《やっきょう》の素朴な音が、どんなに似合っていたかと思ったのである。連絡はたしかに手間がはぶけた。

「いいですよ。わたしがみんなまわりますから。議題はなんですか」

「ほれ、さとうきびの工場へ搬入の日取りを決めるのよ。それに困ったことがいろいろ持ちあがっているよ」

そうだ、去年も今頃だったな、正月に帰ってきた子供たちに手伝ってくれるようにたのんだが、仕事休めないと断られたのだった。村にいるものが、結でやってくれたから助かった。しかしあいは、その返しに馴れないきび刈りを一月もやるはめになった。

今年もまた同じことになる。しかし、このごろやっと、農作業に身体がなれていた。

「いつからはじまりますか」

「南部は今日、明日にも始まるようよ。北部は少し遅れるようだ」

きび刈りは、明日からでもすぐ始めなければなるまい。搬入は三月まで続くが、人手が足りなくて、後にしてくれという家庭が必ず出てくる。だから、あいは代わってあげられるようにに準備しようとおもう。村全体の持ち日数は決まっているのだから、みんなが後に回ると不都合が起きる。

それにしても、二年続けて帰省しないマサルのことが思いやられる。せめて黍刈りの時だけでも来てくれないかと、あてにならないことを考えてしまう。

きびの代金が入ったら、すぐその金をもって那覇へいこう。今年は程よい雨と天候に恵まれたから、ブリックスはかなり高くなるだろう、例年にない高収入が期待される。裕美とマサルへつのっていた猜疑の心は、砂糖キビの下葉落しに熱中することでしばらく忘れていられるであろう。そうあってほしいと祈りたかった。きびの作業が始まれば、他人の噂話などにかまっていられなくなる。肉体を駆使し、それに打ち勝つ、辛いけれど、心地よさを味わうことになるのである。部屋の隅の電話がなった。

「モシモシ。あー涼子かい。昨日は県道混んだろうね。供物いろいろ有り難うよ。おばーがとても喜んでね。近所回って自慢してるのよ」

「とうちゃんのタクシー会社に、おみやげ届けにいったのよ。それから……、きれいな奥さんが迎えにきたって。私のことも、マサルの恋人かだって。何いってるのヤナオジーターヤって言ってやったよ」

「その女のひと、ゆみといわなかった」

「かあちゃん心配しないで！　タクシーの人たち冗談ばかりしているんだから。ふらーみたいに。みつると捜してみるから。おばーによろしく」

「あい」

姑が電話をしているあいを見下ろすように立っていたのでぎょっとした。

「あんた昨日からおかしいよ。仕事もうわのそらで。マサルをそこまで見損なっておるのかね。あの子は弱いものを泣かす子ではなかったよ」母親の息子をみる目は正しいと思う。あいはピンチにある夫を正直いって不甲斐なく思っていた。それが人格まで下げてみている自分をはっきり姑に指摘されたと思った。姑はさらにつけくわえて言った。

「あのいつか家に来た人を疑っているようだけど、うりだけヤやみりよー。同じ過ちを二度しちゃならんどー」

その日の夕刻、門のクロトンの生け垣のところから、背伸びするように家の中をのぞきながら、金城の区長小母さんがやってきた。菓子づつみを差し出しながら。

「息子が大和のお客さんを案内してきたと、寄ってくれてね。お土産分けてあげるよ」

「建築会社の兄さんかね。あんし、帰ーたるバー」

「いつものことよ。仕事だというんだから仕方ないさ。そうだ忘れたらいけない。息子がいってたよ。マサルは近いうちにいい仕事をやるようになるらしい。まくとぅーだから、大事な仕事をまかされるとよ」

「本人からなにも言ってこないですが」

「伝えてくれって頼まれたのよ。よかったねあいちゃん」

区長小母さんはあいと姑のきまずい雰囲気を和らげてくれた。ここ数日のこだわりがとけていくようであった。

「そうそう石崎のKさんとこのきび畑、ネズミにやられたって。刈り入れを待つばかりだのに悔しいね」

区長小母さんは、あの種は成長がはやく糖度も高い。しかしかわが柔らかく、ネズミの害がとかく心配されていたのに。人の言うこと聞かないからと、年寄りのいうことを軽んずるからと怒った。

「全滅ですか」

「畑の半分くらいを試しに種を植えてみたんだってさ。ネズミも利口で、中だけかじっていくのでいままで気がつかなかったそうだよ」

あいは目の前が真っ白になったような、一瞬だが目まいに似た感じを味わった。Kの親切を断りきれずに、彼が余ったからと置いていった苗を何本だったか、確かに植えた。やはり断るべきであった。一刻も早く見て回らなければ……。そんなあいの気持ちにおかまいなく、区長小母さんは、怒りしゃべりまくる。

「ダムをつくる計画だと、県庁の人が見えたよ。区長たーはみんな喜んでいたよ。私はまず疑ってみたね。県道工事も始まるらしい。今の浜から道を通すというさ。私はアダンと浜辺は残すべきだと言ったさ。村のもんの許しはいらんのかねって。そしたら、だから今話しているとさ。さっきはやりますといいおって。今度は居直るんだよ。ゲンミツニハ、みんなに相談する必要はないときたよ。オンジョウテキハイリョでモウシアゲテイルダケだと」

あいは中が空洞になった砂糖黍を想像して、みぶるいした。Kのきび畑はあたりをはらう風格があった。幹が太く、そしてすんなりと伸びていた。白い穂波も銀色に輝いていて、美しいと思ったのだが。あれはゆらゆら喘いでいる、凋れた風景であったというのだろうか……。

やんばる生《いき》物語

掲載誌

『亜熱帯』第6号（1992年10月）

＊初出のタイトルは「やんばるの山に向かいて」

(1)

名護市の郊外の村、伊差川を抜け、屋我地入口を過ぎると、北東の方向に、海に突き出た岬が幾重にも重なって、見えてくる。どの岬もみどりの尾根が、海へ海へと流れ、遠くの岬は薄い絹をかぶせたようにかすんでいる。どの岬がどの村へ続くのか、さだかでない。しかし、近くのつづら折りは、行き来する車もはっきり見え、時にはミラーが、太陽を反射することもある。

曲がりくねった道にそって、海の輪郭が、くっきりとわかる。北の海の色は山の深さと、相添うように、濃い藍色をしている。風の強い日には白波が立ち「乙女の歯ぐち」のようだと昔の人は歌に読んだ。夏はおもいきり手答えのある明るさ、冬は厳格で、近寄りがたい威厳をみせつける。長寿村の老人たちは、朝な夕なこの海に語りかけ、又一つ年を生きる。背の山々の緑の中で、農作業をし、海で心を休める。

そこが、晶子の故郷、晶子を生ましめた父母の住む所。八重のくびれ道をなぞるように車を走らせながら、晶子は遠くの一番高い尾根に目をやる。人間が、海に頭をむけ、あおむけに寝ているような形をした「ネクマ頂《チヂ》」という山だ。その山の一部、ちょうど額のようなところに晶子の父親の所有する地所がある。そのふもとの、海と山の、両手に抱み込まれるように、両親の住むやんばるである。晶子は一度だけ、村の背に、あって長く気になっていた二つの山、「ネクマチヂ」と「玉辻山《タマツチヤマ》」に登ったことがある。

山頂から周囲を見ると、イタジイ林が無限に続く。微妙に濃淡のある緑が、上物の絨毯をおもわせる。しかし、その厚い織物のところどころに、引っかいたような傷や細長い刃傷のような傷根がいたいたしい。林道が深い山々にじわじわと分け入っている。ダムの当たりも陥没している。ダムには故郷を出た息子や娘たちの住む街へ運ばれていく水が、青々と充ちている。

倉吉、千代の両親を百歳まで生かしたい。可能ならば、いくつまでもと晶子は思う。それほど両親のことを愛し、誇りに思い、又尊敬している晶子である。八十歳をいくつも過ぎ九十歳に手の届く歳なのだから、いつ天国へ招されてもいいように、心の準備をしておかなければならないのだが。理性ではわかっていても、せめて百歳と、これはもう信念に近い。正直自分の両親に限って、あっさりと逝ってしまうとはおもえなかった。

二人とも理想的に元気であった。しかしながら八十代は、この村では自慢にならない。なぜなら九十代で元気な年寄りが幾人もいたし、百歳で糸をつむぐ老婆や、ヒラミレモンをつくっている老人も二、三人いたからだ。百歳以上のおじーおばーをあやかって、出来る限りの長寿をしてほしいと晶子は願っていた。

だから、仕事と家事の両立で、余裕のない毎日だが、両親の激励のため、行事の時は必ず帰省していた。

村では、盆正月に帰省しない者は親不孝とされ、どんなことがあっても戻ってくるのが当然とされているから、それは別にして、母の日だとか、父の日、敬老の日と、けっこう月に一度くらい帰ることになる。

敬老の日を前に、マスコミは競って大宜味村の長寿者たちの紹介をしていた。大学のM教授はたびたび調査に村を訪れ、今では村の老人たちともすっかり顔なじみになっていた。先生の主張は、長寿の要因として①山原特有の自然環境。②亜熱帯特有の気候は年中働けること。③豚肉という高たんぱくと、海藻野菜摂取等、食生活のバランスのよさ。④共同体意識が残っていて、老人たちがお互い励まし合う等々を挙げておられる。それに⑤子供たちが、時々帰省出来る距離に居ることなど一つ一つのデーターが晶子の両親にもそっくり当てはまる。ただ⑤の例だけは十人の兄弟がいるものの、中には父母への気配りに欠ける者もいて、お正月、盆に帰宅しない者も出てくる。特に男の子に、その傾向が顕著であるように晶子には感じられる。その分の穴うめをしなければならないような、責任を感ずるのが晶子たち三人姉妹である。

今回も、どうにかなるさと開き直って帰ることにしたのである。

それは、いくら共同体が生きて、老人どうしが助け合っても、子供や孫子たちと暮したいと思う気持ちに変わりはないはずだ。もっとひんぱんに来てほしいと思うにちがいない。親子の情の希薄日本一であるとは思へない。子供のいない淋しさにたえる強じんな心日本一ということでもないはずだ。

今度の帰省は父の好物の「足てびち」を煮て持ってくるために、すっかり夜になってしまった。村の入口まで来た時、遠くの方の護岸に腰かけた人影が見えた。夕涼みの人がいるなと思いながらバス停を村の方へ左折しようとした時「あれ、千代ばーちゃんだ」と同乗の娘がとんきょうな声をあげた。車を急停止させて、よく見ると、娘が言うように母であった。男の人の腰ほどもある防潮堤にどうやって上ったのか両足をたらして、行儀よく座っている。ヘッドライトに照らされて、笑っている。芭蕉地で縫ったロングドレスを着た母の姿が晶子の胸をしめつけた。

数日前

「おじいちゃん敬老の日の予定は」

と電話をした。

「婦人会、成人会がごちそうをつくるそうだからこなくていいよ」

「それは何時からなの」

「午後四時頃からだと思う」

四時までの時間のことが頭をかすめた。

来なくてもいいというい つもの父の、相手に遠慮している風なのと、「来てくれるかも知れない」という期待は別にしても、電話をしてきたことに対する嬉しさがありありと感じられて、晶子はおもわず「行く」と言ってしまった。

「予定がついたら行くからね」

と急いでつけ足した。

「忙しいはずだからこなくていいよ」追いすがるようにくりかえす父の声が、受話器を置いても耳にこびりついて離れなかった。

父の言葉にあまえて、忙しさを理由にすることも出来た。事実、たまった仕事を公休日に片づけてしまえば、平日が楽になるのははっきりしていた。しかし、晶子は父の性格を受け継いでいた。しかも、父のように、人の迷惑にならないようにという消極的意味ではなく、相手の欲することを察知し、行為をかけたくなる性質を持っていた。母は、そんな娘をよく知っていて、「きっとくる」と思ったにちがいない。

真夏の頃は、村の老人たちは、浜辺で凪の海をみつめて熱帯夜の暑ぐるしさをしのぐ。しかし、秋の気配がしのびより、特に遠くに台風の去った直後は、ながめる海ではないから、母はただ一人、深い闇におしつぶされるように、さびしく娘家族を待つことになったのである。心の隅に、父の言葉に乗ってしまいそうになったことを思い出した。「来てよかった」とほっと胸をなでおろす。

母は、晶子たちが来なくても、十一時頃までは待ったであろう。晶子は夜から那覇を立ってくることがよくあるからだ。千代おばーは、護岸を打つ波の音に背を持たれながら通り過ぎる車に、一台一台うら切られて、それでも待つであろう。年老いた者の心が察知られて、晶子はやるせなくなってしまった。

「おばーちゃん、早く乗って」

九月は、沖縄ではまだ暑い。しかし今年は先島を連続二度も台風が通過し、例年になく涼しい。夜風にさらされた母の手はすっかり冷え切っていた。おまけに、風通しのいい、芭蕉布のドレスを着ている。

「風邪引いたらどうするのよ。無用心ね」

晶子は目頭のうるむのを悟られまいと乱暴な口をきいた。そんな晶子の気持ちも知らず母は
「早かったね」と嬉しそうにしている。

「おじいさんは、来なくていいといったから来ないというけれどね、私はきっと来るよと言って待っていたのよ」

父もきっと同じ思いであろうに、漫才師のように母は利巧を演じ、父はうなずき係りを演じている。

「おばーちゃん、家で待っていていいのに」

晶子は、娘の無邪気な言葉をとがめる気にはならなかった。それほど、息子や娘た

ちの訪れるのを待ちわびていたのかという思いを強くした。

村の公民館の広場に車を止めた。明日の敬老会に街から帰った村の人達の自家用車が幾台も駐車していた。

明日の午前中には、この広場はもとより、村中のすーじ小（小道）というすーじ小は、自家用車でいっぱいになることであろう。

空屋敷を一つおいて晶子の両親の家だ。ほんとうの屋敷は海に面した所だが、道路の拡張などに取られ坪数がかなり減った。それで、遠縁の者の敷地を借地して、家を建てたのである。

「ただいま」

玄関のノブを勝手に開けて、入ると父が奥から、てれ笑いを浮かべながら全身で嬉しさを表現しながら迎えた。

「こなくていいっていったのに……」

といいながら、どうしていいかわからないという風に、部屋を行ったりきたりしている。

「お母さん、ほれみんなお腹すいているでしょう。ごはん、ごはんを出してあげなさい」

「夕はんは家で食べてきたわよ」

「仕事から帰ってつくる暇なかっただろう。お母さん、遠慮しているのだよ、ほら早く」

「おじいちゃん、食べてきたと晶子が言っているでしょう」

「えんりょしなくていいよ」

父は、客が来ると、あれも出せ、これも出せと母を追い立てる。何も出す物がない時など、家族は弱ってしまう。今もそれがはじまったと母がたしなめる。

「おじいちゃんの大好物、てびち作ってきたわよ」

「ほう」

父の顔が一瞬ほころんだ。

「あたためてあげましょう」

と晶子が台所へ立つと、母が引き止めた。

「ついさっき夕食済んだばかりなんだから、明日の朝にしようよ」

「ほんと。お父さん明日でいいの」

「う……ん。お腹いっぱいだった」

てびちの一ぱいくらい入ると思うのだが、母に言われるとさからわない父である。夜食も多いと健康によくないと思い、手みやげのお菓子を仏壇にそなえ、帰省のあいさつをした後に父に食べるよう勧めた。父は和菓子が好きである。しかし自分から何が好きと決して言わない。勧められるとみな「おいしい」と食べる、それは父のいつものおとくいだった。

祖父がカナダへの第一回移民として出かけた後に父は生れた。父が地球の一方で生れたかと思うと相前後して、祖父は熱病のため死亡している。だから父は、村の共同体の中ではぐくまれ育った。母一人子一人のさびしい育ちの性か、幼少の頃から、はにかみやで通っていたらしい。

三十余で校長という要職につき、朝会の講話がおもしろいと生徒、職員から慕われた父。戦後の荒廃《こうはい》の中から、自ら校地校舎の整備に奔走する率先垂範の人と言われていた。だが家族は、相手の立場ばかり気使う苦労性で、極度のはにかみやであることを知っていた。

出張で那覇へ出てきて、妻の妹たちの家へ寄るのだけれど、ちょうど食事時間なので、
「お兄さん、食事まだでしょ」
というと、決まって
「たべてきた」と答える。食堂の開店には早いし、今朝山原を出たなら（以前は三時間から四時間もかかっていた）よそで食事をする時間などないはずだと察して
「ほんの少し、よそいますね」というが、
「お腹いっぱいだ」といってきかない。
義妹たちもいつの頃からか父のそんな気性を心得ていて「食事まだ?」と聞かずに、
「たくさん作り過ぎて困った」
とすすめることにしている。又
「すてるのもったいないなー」と父へともなくつぶやくと
「シーるからねー」とくさるのが心配だから食べるという具合である。
冷蔵庫が普及しない頃のことである。

又、那覇へ出て来ても、よほどのことがない限り泊まらずに、最終バスで帰ってしまう。

「お兄さんゆっくり泊まっていらっしゃいよ」と義妹、義弟たちがいうと、

「明日の朝、学校の大事な行事がある」

と遠慮する。そのことは全くの言いわけとは言えないかも知れない。当時は、校舎の一角に、校長住宅というのが附設していて、校長は、夜間の学校の管理責任者でもあった。又、朝会で講話をするのを欠かさない人であった。

「校長先生の赤い鼻に注目しましょう」

この一声が、子供たちは楽しみだった。また、幼い下級生は朝会会場でも、さわったのさわらないのとたわいのないけんかに夢中になって校長先生が指揮台に上ったのにも気がつかないことがある。そんな時、「校長先生の赤鼻」というと全員注目することになる。

赤鼻は、幼い頃から年中鼻風邪ばかり引いて、鼻をかみすぎて、だんごのようにふくれおまけにピエロの鼻のように赤くなってしまったのであるが。父はそれを気にもせず、逆に、「赤鼻校長先生」と自ら称し、トレードマークにしたのである。生徒た

ちも「赤ばな校長先生」と親しみを込めて呼びかけてきた。

そんな風だから、山原へすぐ帰るのである。しかし、父の本心は、那覇は居心地の悪い所であったのではないだろうか。まして、妻の妹たちとはいえ小心者の父にとって、人様に気がねして寝ることは気苦労だ。

朝めざめてからのあいさつ、あの食事も取らなければならない。「たべてきた」という言いわけが通用しないのだ。また、山原の山々の緑に抱まれ、伸びやかな暮らしになじんだ者に、コンクリートに固められた、風に吹きさらされたごみごみした街は、一日でも住めるものではないのかもしれない。実際、父が那覇に二日泊った記憶は九番目の息子の心配ごとがあった時だけだ。

祖父の、カナダへの船が出るまでの間、見送りの祖母と那覇で一月も居た。その時に出来たのが父である。だから父にとって那覇はゆかりがあるのだし、師範学校だってここで出ているのに。進取の気性に富み、海外雄飛を夢見、実行するほどの人の子なんだから、那覇ぐらいに臆《おく》してほしくないと思う。だが、父の那覇ぎらいは一かたなものではなかった。晶子は考えた。進取の気性というものは、妻や家族泣かせの一面を持っているのかもしれない。

祖父の兄弟や一族は山原船で南部一円、いな八重山までも荷を商ってあるいた人達である。祖父だけが、途中山原船を降りて、田舎ではめずらしい「散髪屋」を始めたり、街ではやっていた風呂屋を開いた。散髪屋ははやったが、借金で始めた風呂屋は、田舎の生活になじめずつぶれた。当時の田舎の人達には海水や、川の水で体をすすぐ習慣をそうやすやすと変えられなかったのであろう。これが明治の終わりから大正初期の辺境の地の現状であった。

村の大部分の青年たちのように、畑を耕し、山で木を切り出し、炭を焼き、山原船に乗るささやかな幸せに満足してくれれば、家族ねんごろに暮らして行けたのに……。村の人たちのそういうささやきを聞いて育ったため、父は身を小さくして育ち、はにかみ屋で遠慮深い子になってしまったのだろう。そして海外雄飛とか街へ向かう心をいましめて育ったために那覇を苦手にしてしまったのか。

朝の目覚めが早い。それは、宵の口から早々と雨戸を閉め、夜のとばりにうながされるように床につくからである。これは太古の昔からそうしてきたのではないかと思われる厳格さである。久々に那覇から帰ってきて、テレビを見るという街の習慣を持ち込むが、老いた父、母が、寝床の支度を始め蚊帳をつり始めると、街の習慣は、コロリと降参してしまわざるを得ない。那覇では、便利な電気式の香取りを使っているから、蚊帳をくぐって、テレビを消しに立つのはめんどうくさいし、蚊帳ごしに、つり電灯のスイッチをひねるもどかしさを考えると、最後にねる役まわりだけはさけたいと思うから……。

早起きの代償はさわやかな朝の散歩。晶子と夫、そして娘の三人に、晶子の妹の四人で出かけた。早朝の散歩は、山原に帰省した時にすることの一番の楽しみである。天に届くほどの暴風林の福木の間をぬって、村の七月祭りを司どる広場や集会所の見える辻を左へ折れると昨晩、母が晶子たちを待っていた海辺に出る。まず迷わず、防潮提へ突き進む。そしてそれぞれ海に向かって大きな声であいさつする。だれもいない朝の浜辺は、新鮮な空気と潮の香がまざり合って、幸福な気分になる。晶子は両手を大きくひろげて深呼吸した。「海って不思議だなー」といつものように海に対する畏敬《いけい》の念を感じながらオゾンをいっぱい体にたくわえた。

海や山の自然に触れるたびに、晶子は、その限りない恵みに感謝する。しかし、その一方で、その強固に見える自然が、実は「人間の行為にはなすすべを持たない」ということを晶子は思う。この浜辺の風景一つ取って見ても、晶子には胸の痛むことばかりだ。

防潮提は海に降りてみると、城壁のように頑強で打ち寄せる波は赤子のたわむれのようにもろい。陸地のガードが海を拒否しているようにみえる。波を笑っているようにさえ感じられる。昔、台風の折よく、被害をこうむったが、家も数軒立ち並んでいた。そして広い砂浜の先きの磯には海草が生え、イモ貝の類やサーザマ貝《インナ》がたくさん採れた。シリダカ貝もいた。竹に七〇センチほどの釣り糸をつけ、ヤドカリのえさをつけて泳ぎながら釣をするのが楽しみだった。魚がえさにくらいつく一瞬が目撃できたし、魚がエサのまわりをうろうろする「もうすこし」という緊張感も味わえた。今はその磯と大海とをさえ切るテトラポットが、村の外海を完全に目かくしししてしまっている。泳ぎは出来るが貝はとれなくなった。泳ぎながらの釣りも出来ない。干潮時に一面にひらけた干潟《ひがた》も、猫のひたいほどに狭ばまった。その干潟であさりを採る人がむらがった戦後のことをなつかしく思う。食糧難の足しにと、競ってアサリ採りをしたものだ。

「ここんとこに親せきの家があったのよ」

そこはカナダへ出かけた祖父が、二十三歳の頃に断髪屋をやっていた場所でもあった。晶子が話はじめても、現実とのあまりのへだたりに夫も娘も、妹さえも、話を受け止められないで、護岸にそって、ずんずん行ってしまう。晶子は心をよぎった懐かしい気分を振りはらうように、足早にみなの後についた。

村の東を流れる川にかかった橋を渡るとターバール（田原）という村はずれに出る。昔は田畦だったのだろうか。少しいくとそこは、村の墓地のある所だ。右手の斜面に四、五十基の墓地が一か所に建っている。

小正月には、ここは、にわかの街に変化する。着飾った老若男女が県、内外から帰省し、一門ごとにお重箱を広げ、縁故をたずね旧交を温める。海からの吹きさらしの風が厳しい季節だが、正月用の白いふさふさの襟巻をした娘たちやかのこもようのひもを髪飾りにした少女たちが、冬の寒さを吹きとばし、明るい気分にさせてくれた。父はこの小正月の日に「師範学校の合格通知を受けた」のだといい、昨日、今日のことのように話す。恩師が喜びのあまり大きな声でふれたものだから、祭りに集まった人々の口から、たちまち村中に広まったそうである。どんなにか祝福を受けたことであろう。はにかみやの父が、村人の祝い声にどう受け答えしたか考えただけでもおかしい。きっと、途中から浜辺にかけて行って、石を海へ投げて喜びをかみしめたのではなかろうか。

祖父が祭られている宮城一門の墓に一礼して川添いに山手の方へ折れると前を歩いていた晶子の夫が、

「アカショービンだ!!」

と鋭い声を出した。晶子たちは急いで夫の見上げている木を見た。

「あそこの方へ飛んで行ったよ」という。

「ほんとなの」

晶子たちがうたがっているようなので、バードウォッチャーを自認する彼としては、証拠を見せられないのが残念と、逃げた鳥を求めてどんどん行く。すると山の頂《てっ》ぺんの大木のあたりに四羽の鳥が舞っている。

晶子が先に見つけた。

「あれ!」

と指さす。

「アカハラダカじゃないこと」

「ううん……たしかに」

「そのううんはなによ」と晶子は夫をのぞき込む。この沈黙は、鳥のことなら僕のおはこなのに、なんにも知らないと思っていた妻が、「名前まで当てた」ことへのおどろきと、秋をつげる一番の渡り鳥にこんな所で出くわした感動にちがいない。

アカハラダカは、サシバの前に渡ってくる鳥で、つい近年野鳥研究家たちによって、発見された渡り鳥である。群れをなして渡ってくる、あの木の中にもっといるかもしれない。

昨年は山原にも「落ちダカ」がいることを、うら山でつきとめた。父母に「チックイー」となく鳥は見ないかときいてもしらないというので、とうとう自分で見つけたのである。両親に言わせると鳥だの植物だのに関心を持ったことはなかったという。

今年もサシバはやってくるかと期待している所であった。その前にアカハラダカにお目にかかるとは全くの幸運であった。立ち去りかねて、しばらくターバールと村をつなぐ、奥の橋の上で時間をつぶす。

川のせせらぎを、カワガニが数匹、ぬき足さし足で移動している。

「お母さん、カニも散歩しているようね」

「よっカニか。これが十一月頃には大きくなって大雨の後に川を降りるんだよ」晶子の夫は、首里の人なのに、晶子と結婚してよく山原に来ているうちに晶子たち以上に山原のことについて詳しい所がある。病気療養で、半年ほど山原暮しをしていた時に一気に山原の見聞を広めたようだ。妹が

「親指に毛がもさもさあるあいつ?」

幼い頃兄貴たちが採ってきてゆでて食べた記憶がある。特にあのきもちわるい黒い毛の方が中味がいっぱいつまっていて美味であった。晶子も一度、兄たちを追って行ったことがある。戦後食べる物がなかったので、原始的な知恵をよびさまされたように、ありとあらゆる食料源を見つけて腹の足しにした。川ガニ、蘇鉄《そてつ》の実、木の実など……。冬には早朝の浜辺に寄るイカひろいもした。スク漁、貝拾い。田の畦の野草もよく摘んで雑炊の具にした。

山の手の橋を渡ると、村の家々を見渡たす所へ出る。木々の間から赤瓦の屋根がのぞいて、絵を描いてみたいという気を喚起させるながめである。ふく木の濃いみどりと沖縄瓦の朱色の調和は沖縄の自慢出来る物の筆頭ではないかと晶子は思う。瓦の色合いが、ほどよくていい。大和瓦とくらべてみると、あちらのは「アッサミヨー」に

なってしまう。ブウゲンベリアの紫、小ぶりの赤花。どれも街に出まわっている外来種ではなく、在来種である。はでな色あいの花の氾濫で、こういう地味な色を見るとほっと心がなごむ。赤花も小ぶりだが深紅の純血を守っているという風情がある。

よもぎを摘みながら、又村の景色にうっとりしながら道をたどると、「どど…」という水の音がきこえてくる。山の清水を引いて村の生活用水をためたタンクの水があふれ落ちる音である。その音を耳にすると、自然に足早やになる。人を引きつけるその音は、幾度か修復はしているものの、戦前からある、村の生命の水である。昔は、村中の人がここで米をとぎ、洗濯をし、海水を流した所だ。一日中人がいて、にぎやかであった。今のように各家庭に風呂やシャワーが設置出来てない時代は村中のシャワーであった。

「小さい頃、海であびた後は必ずここで、水で流しにきたわ」

娘が、幼い頃、夏休みなどに祖父母と過ごした思い出の一つの行為を思い出したらしい。

「じっちゃん、ばーちゃんにお世話になったわね、さつき」

晶子が本土の研修会へ参加したり、校内の合宿に出る時は子供たちを両親にあずけることが多かった。ずい分と助かったものだった。

「ここで、友だちがいっぱいできたのよ。そうそう今日みんなに合えるかもしれない」

「そうね、那覇からいっぱいもどってくるはずよ」

言いながら晶子は、小さな滝のようになった水あび場に降りて行った。ここは男用と女用の二ヵ所に分れていてコンクリート造りになっている。その前に広い空間があって、昔、女たちが洗たくをした所である。晶子は洗たく場へきた時、ツルリと滑ってしまった。

アオミドロが張っているのに用心せずに、走り抜けようとしたのだ。実はそこの先にカナダで死亡した祖父があちらへ行く前にやっていた風呂のボイラーがまだあると聞いていたので、ふと思い出してさがしてみようとあせったのである。

「いたた」

起き上がろうとして、どうやら足をくじいたらしいことを悟った。

「困ったわ、来月は本土出張なのよ」

「どじだから……」

夫にささえられ、かしぎかしぎ家への道を急ぐ。幸い軽いようで、痛みも弱い。それにしても大変なことになったという思いが強く走ったが、落ちついてみると、軽い場合はすぐもみほぐせばいいということを思い出した。軽くほぐすようにしてみた。前にも一度これで、大事に到らなくて済んだことがあったからだ。手の甲でいたわるようになでていると、大分よくなった。

「家で氷で冷やせばいいわ」

早朝散歩は晶子の、うっかりでとんだオチがついてしまった。

散歩から帰ると、母は仏壇にお茶をあげる所だった。晶子たちも母と一緒に仏壇の倉太とカマドの祖父母に線香を立て手を合わせた。

「貴方々《なったー》の一人息子《ちゅいんぐゎ》の長女晶子が、夫と長女を伴って帰って参りました。お菓子も御馳走《くゎっちぃー》も持ってきましたので、うさがみそーれ。ひーじーから、みまもってくみそーち、いっぺー感謝そーびん」と方言と標準語をちゃんぽんにして、となえる。祖父母の時代は方言しか知らない。だから全部方言で話したいのだけれど、晶子たちは方言を聞けても、十分に話せない。だからそんな話し方になってしまうのである。母はあいさつをとなえている。

晶子はタオルに冷水をしませて、足首に当てながら
「お父さんは？」と母に聞いた。

「マンゴーの剪定《セン》にいったよ」

父の従弟からもらったのが、手入れをせずに伸びるにまかせているのを見かねた方が「実の付きの悪いのは葉を茂らせているから切ってしまいましょう」ということになったらしい。今日、その天ぺんを切り落とす作業をやる約束をしているらしい。晶子に言えば夫を手伝いに行かせたのに、那覇からたまに来たのだからゆっくりさせたいと気をつかったのだろうか。

「危なくないの」

「お母さんもそう言ったのよ。でも岩夫さんが、今日じゃあないと具合悪いというのでね」

岩夫さんというのは、父が校長をしている時、有能な用務員として使えた人だ。今は、マンゴー畑を手広くやって出荷もしている人である。

「お父さんのマンゴーに実がつかないのは剪定しないからだって」

「それより、ねー母さん、父さんの蜜柑畑はどうなってるの」

倉吉は、退職と同時に、教育委員会等の仕事に関わりながら、先祖の山に蜜柑の苗を植えて行った。晶子たちの村《そん》は、沖縄でも、特に寒村である。芭蕉の里と言われている喜如嘉と謝名城、田嘉里に少々開けた田畦があるだけで、あとの饒波、大兼久、大宜味、根路銘、安根、塩屋、田港、津波、どの字も海辺に住まいだけがうずくまっているといった集落ばかりである。山の根っこに身を寄せているような、この村々の成りわいを晶子は「よくもまーこんなささやかな地所に」と思う。そして、先住民たちの定住して行く過程を想像してみたりする。どの集落も山と川と海という、三つの生活の基盤を備えてはいる。そんな平地のない村だから、作物は山を登り、いくつも尾根を越えて、中腹、時には頂上に開墾することになる。

父が蜜柑を植えるために開いたのは、登って登りつづけて四十分ほどの山の中の、ほんの少しの平地になった所であった。雑木を切り倒し深く根を張ったナジチャーを掘り起こし、耕やして幾日も幾日もかかった。

昔から、村では、子供に「勉強しないと畑仕事《ハルサー》させるよ」と言っていやがる勉強をさせたものだ。それは、耕地まで、農具や肥料を持ってたどりつくだけでも大変なこの地方独特の農業のあり方のために出てくる言葉である。そんな、悪条件から那覇へ出て活躍する人も多い。

倉吉は一大決心をして、自動車免許取得を決意し、名護の自練へかよった。山は近年農道が基本線だけは整備されているので、近くのみかん畑が協同すれば、奥の自分の山まで車で行けると踏んだのである。自練では、六十一歳は最高齢ということで、手取り足取り教えてくれて、時間はかかったものの、めでたく合格した。まわりの人たちはなにもこの年でと不安がった。しかし晶子は、父のその気概こそ長生きのエネルギーになると心強く思った。父に見習って、四十歳で晶子も免許を取っている。

父のみかんの苗木植えはどんどんはかどった。五百本にもなった。それが十年くらいで成木になり、秋には毎年黄金色の実をつけるようになった。子供たちや孫子たちは、十一月から翌一月まで、おじいちゃんのみかん畑に、みかんがりに行くのが帰省の楽しみになり、長兄などは職場の人たちを連れて行くこともあった。気まじめな父は、学校の農場や花壇の手入れをしていたあの調子で、手入れを熱心にするものだから、年々、豊作で、子供たちが採るにも限度があるので、農協に出荷して、収穫の喜びを味わっている。

二十年近く、生き甲斐を与え続けたみかん畑がつぶされるという話が突然舞い込んだ。ある日の自治会の集会でのことであった。国からの補助で各地で土地改良というのが盛んに行われている。晶子たちの村《そん》は山地が多くこれまで、そんな話もなかったが、ここへきて、村の土地改良の計画がささやかれるようになった。

父の落胆振りは、いたいたしかった。これから山地を平地にならし、新しい苗木を植える。自分の寿命と計算してみても、むなしいばかりである。それだけならいいが、個人の零細みかん作では、経済の復興にはならないということか、まとめて企業化するらしいといううわさも流布された。

二十年間手塩にかけた数百本の木が根こそぎ倒されるというのである。絶望し、やる気を失ってしまうのも無理はない。生きる望みを失ってしまったのか、父が、はじめて入院することになる。病は気からと言うが、それほど気落ちしていたのであろう。

あれはたしか父倉吉が八十三歳か四歳の頃であったと思う。そう言えば、あの頃の数年は晶子には忘れられない。両親にとって、マラソンで言うデットポイント（死点）だったようだ。千代と倉吉の両親が相前後して入院した。正直いって、もうだめかと思ったものだ。

深い眠りにひたっている晶子は、突然の電話の音に無理な目覚めを強いられた。

「こんなに早く失礼しちゃうわ」

とぶつぶつ言いながら受話器を取る。

「晶子か」

もしもしと言う間もなく向うから晶子の名を呼んできた。

「お父さんだけど。起こしてしまって悪いなー」

山原の父である。電話は普通母がかけてくるのに、何か変わったことがあったなと晶子はとっさに感じた。

「お父さんなの、びっくりしたわ、いったいどうしたのよ」

晶子は少しとんがった声を出した。

「昨晩から母さんがね、腹がいたいとうなってててね……」

「ええっ。昨晩からずーっと？そのままに？」

晶子の欠伸《あくび》もすっとんでしまった。

「どうして昨日のうちに知らせないの」

「様子を見てからと思っているうちに……。悪いし、夜が明けるのを待っていたんだ」

なんとも父らしいやり方である。「五時になったら……」と夜が明けるのをひたすら待っていたのであろう。おそらく時計とにらめっこで一睡もしていないにちがいない。

「こんなに早く起こして申しわけない」と思いつつ電話しているのであろう、遠慮がちなか細い声が父の気持ちを伝えていた。

「すぐ迎えに行きます。入院の準備をして待っていて下さい」

晶子は、職場へ年休の手配をし、夫や子供たちに食事を頼むとすぐ車を走らせた。

母は市立病院に緊急入院となった。あの頃は母はまだ八十歳に一つ二つみたない年だったが、「これが命取りになったらどうしよう」と心配のあまり、山原までの道が、長く長く感じられてならなかった。痛み出した昨夜からの時間の経過は、病を悪化させていわしまいか。それに、どんなにスピードを出しても、また、高速が出来たといっても、二時間は有にかかってしまう。医師に「もう少し早ければ」と告げられる光景が想像されて思わずアクセルを踏む足に力が入ってしまう。

いつもは、行く時は、懐かしさの丸いかたまりとなり吸引されるように走る。帰路は、充ち足りて心は大の字に休養している。それは山原と、それにもまして、両親の健在ということが大きく作用している。だから、高速の植栽を楽しみながら鼻歌を歌ったり、前方の景色の変化を味わっているのである。しかし今は、顔をゆがめ、苦しそうな母を横に乗せている。全身の注意を一刻も早く那覇へ着くことに集中した。手配しておいた病院の村出身の部長さんの計らいで、外来の待ち時間を省略して診察してもらった。すぐ入院の手はずとなった。

父は、農作物が気にかかることと、息子の一人が近くに住んで絵を描いているが、病気というわけではないが、虚弱体質で、食事など母にたより切っているので、その息子のこともほっておけないという。すべてをほって母に従いてくるかと思った晶子は、父のこの冷静さをどう理解していいのかわからなかった。

一週間ほど、痛み止めを打ちながら、検査検査の日が続いた。病院とはありがたいもので、病気の正体もつかめず、家にいる時と何も変わっていないのに、医師も看護婦も少しも恐いた顔もせず、家族をして病が治癒したかのように錯覚させてしまうのだ。

十日ほどたった頃、父が上那覇して来た。大きな古びたバックを下げている。その様子がどうも普通でない。十日間ろくに食事をしていないのではないかと思うほど痩《や》せて、プレスのきいていないズボンが借り物のようにダブダブである。肩や眉毛まで白くなり老け込んで見える。

「前田君の所に入院することにした」という。

母や晶子、妹たちも、いきなり入院と聞いておどろいた。よく聞いてみると、母が入院して以来、ずっと眠れないのだという。十日も寝ないというのは、これは重大なことに違いない。晶子は胸さわぎがしてならなかった。母の看病にかまけて、山原に残した父や弟のことに頓着しなかったことが、反省された。絵に没頭したら、すべてを忘れてしまう弟、体も丈夫とは言えない弟を残して入院するという父、あの気使い性の父が、自分の限界を、ぎりぎりまでこらえてふんぎりをつけたことは、充分うかがえた。飲み物を受け取る手本が震えている。白髪の色つやがない。

「お母さんと一緒にここに入院すれば……」

見舞う側のことも考えてと妹が言った。晶子も同感だった。しかし晶子は「見舞う側の都合」というような言い方は決して出来なかった。「設備も整っているし」と言った。言いながら晶子は妹の方が正直で、自分は、偽善者だと後ろめたかった。妹の言う通り、二人別々の入院となると、子供たちは両方へいく不便がある。一箇所に入院してくれれば助かるのに…。いつも遠慮深い、人に気がねばかりしている父が「前田君の所」と決めている。

「お父さんがここに入ってくれれば、お母さんだって安心でしょ」

「こんな所に入ったら、ほんとうに病人になってしまうよ。電話もしておいたし」

前田君というのは、郷里の医者で市内で開業している。父の教え子である。子供たちはめずらしい父の抵抗にあって、前田医院への入院を承知した。

子供たちの、特に女姉妹のいそがしい毎日が始まった。

両方の病院とも幸いなことに完全看護なので助かった。晶子は父が、生活の本拠地である田舎からいきなり町の病院へ入ったことの生活の急な変化に適応出来るか心配であった。母の方は、地元の女学校を終了後、東京の学校を出ている。その性か、社交的で、教員を退職後も婦人会長をしたり、民生委員や老人会の役員の仕事で県内外に出かけることが多い。特に東京の学校の同窓会は各県持ちまわりで二年に一回は数日の県外旅行を兼ねて出かけていたから、市立病院でも、すぐ他の患者たちと仲良くなっていた。母の「仲良く」は半ぱなものではなかった。必ず相手の住所、電話、職業など、詳細に聞き、その手帳に書き込んで忘れないようにする。そのように知り合った人の名が母の手帳にはビッシリつまっている。母は、ダイコンやじゃがいもなど又村の特産のヒラミレモンを収穫するとその手帳の友人たちに届けに出かける。その時は父が運転して北部ならどこへでも配ってあるく。本人は「喜ばれている」といっているが、どうだろう。

父の入院した前田病院は、山原の関係者がいく人も入院していた。一号室には、元県婦連会長さん。二号室には中学校の校長先生の奥さん、大部屋には顔見知りの村のご婦人、隣り村の大工の頭領など、みな同郷の医師を信頼しての入院であった。身体の不調を感ずると入院し、治ると退院する。先生が、町医師の手本のように、面倒見がよく、又食事が、大学の家政科卒の奥さんの手造りというのが、評判であった。

前田病院は、さながら郷友会の合宿のようであった。晶子たちが訪ねていくたびに、父の周囲には患者さんたちが集まっていた。晶子たちの顔を見ると父はテレ笑いを浮かべながら、「忙しいのにそんなにこなくていいのに」と言う。

「あんたたちのお父さんは物知りだね」

「いいや学者だよ」と患者さんたちは途切れた話に未練を残しながら、家族が訪ねたのなら仕方ないと、それぞれのベットへ散っていく。元県婦連の会長さんも「倉吉は、村の歴史をずい分研究してるんだね。いい勉強になっているよ」と晶子に言った。

母の病名は、胆管の癒着で胆汁がスムーズに流れなかったことにあるらしい。以前胆石の摘出手術をしたことがあったが、そのことと関係があるのではないかとうたがったが、病名がわかると治療が適切に行われるためか、日一日とよくなって行った。

父は、心臓がおかしいと本人は、くる人ごとに、自分の病状を説明いているが、晶子たちから見ると、父がこのようになったのは、母が入院したために、ゆく末が不安になったことが一番の原因のように思う。本人も言っていたが、今お父さんが逝ってしまったら、先祖の仏壇はどうなるのか。四男は一生結婚もせずに生きていけるのか、五男は一人で生きていけるのか。父母がいなくなればのたれ死にするのではないか。三男の夫婦は大丈夫か。六男は、七男はと、一人一人の事情を判断すると絶望的な観側だけがふくらんでいく。

夜というものは、えてして絶望の淵に人を追い込む。しかし、日が昇るとそのように未来に希望を託せるようになるものだ。

母が退院したので父は、先生がもう少しというのを夜逃げ同然に退院していった。母さえいてくれれば、山原は、どんな薬より、ききめがあることまちがいなし、と前田先生も判断したらしく、黙認してくれた。

退院後の父が、立派な学習机を買って、仏壇のある部屋を占拠してしまった。兄弟たちは仏前が狭くなったというほどの関心しか示さなかったが、晶子は、これでおやじも大丈夫だと思った。書き物を始めたのである。当時父は八十四歳であった。あれから五年余が経っている。

父がマンゴーの手入れから帰って来た。

「お父さん、危ないことしないでね」

晶子は心からそう言った。

「あぶないことは自分で知ってるさ」

父は、娘二人が帰ってきてくれたことがうれしいらしく働いた疲れもみせず元気の様子である。

「自分でわかるというけどね。畑の手入れ始めると何時間でも根つめるのよ。ごはんも食べないで……」

母が言う。

「まーお父さんったら、のんびり気長に、休み休み働いたら体にいいのよ。大学のT先生もおっしゃったでしょう」

T先生の名を使うのが父には一番説得力がある。

「そうかそうか」

晶子は、だれかたまには父の草取りの手伝いにくるべきかもしれないということに気がつき、自分も野菜をもらうことばかり考えていたことを反省する。反省しても手伝うということもかなわないのだから仕方ない。

「お父さんからもらったシブイでアシテビチ煮てきたのよ」

「そうだったね、さーごちそうになるか」母の得意の「インガナジュネー」とアシテビチでおいしい朝食になった。両親のためのささやかな親孝行の出来たことが晶子は嬉しかった。

母は、毎朝岬の方まで歩くという健康のための日課を取りやめて、娘たちのために朝食の準備をしてくれている。

「お母さんインガナジュネーおいしい、これを食べると心底健康になるって感じね。山原ではほんと長生きするわ」

「年や名護からど寄ゆんてど聞ちゅる　首里と名護境に　あざかいゆへらな、という歌がありますよ」

「父ちゃん、あざかいってなに」娘が聞く

「しゃこ貝のことよ。ここらでアジケーと言うはずだ。年とらないように魔よけのあざかいを植えましょうという点……」

「ふーん、貴方その歌、なかなかいいわね」

晶子はちょっと考えてから

「逆にすると、今風になるわよ、

年や街からど寄ゆんてど聞ちゅる
　山原と那覇境にあざかいゆへらな
どうお……」
「晶子のお父さんお母さん、山原は現代の理想郷ですよ」
晶子はうなずきながら、父のみかん畑の事がさびしく思い出された。

（2）

晶子が魔よけのあざかいを植えてでも長寿してほしいと願った父は、百歳まで生きた。

正確には誕生日まであと数日という日を残していたが、晶子はここまで頑張ってくれて嬉しかったたし、感謝でいっぱいだ。見守っていてほしかった。おかげで、安心して家庭的にも社会的にも存分に活動出来た。

母はまだ元気。「お父さん、おつかれさんでした。お父さんに見てもらいたい一心で私は頑張ってきたのです。貴方が早く逝っていたら、今の私の生活はなかったでしょう。ありがとう」

晶子は、父が逝った日、そのやすらかな顔にいくどもいくどもありがとうと、お礼を言った。

父の四十九日の法事も終わりに近づいていた。知人縁者が大方引いてしまうと、仏壇の下で無表情にかしずいていたウトーおばーの表情にとつぜん血がさした。それを合図に、舞台でスポットをあてられしゃべり始めた役者のように、生き生きと采配をはじめた。台所の女たちに、備え物の段取りを述べ、昼間から手持ちぶさたで世間話や、村の歴史に際限なくのめり込んでいる男たちに、積もり積もったいまいましさをぶつけるかのように、毅然とした声で、仏具の仕舞い方や、最後の儀式の指示をあたえた。

「ほれほれそこの、五ばんぬーよ。あんたはマサキを取って来なさい。」

おばーに五番と呼ばれたのは、昨日東京から帰った末の弟のことである。兄弟が多いので、一人一人名前を言い当てるのは、その親たちでさえ容易なことではない。一番二番で呼ぶのは合理的でかつ、確かな方法にもおもえる。弟は
「わねー七番だよ」と八歳も年上の兄と間違えられたことに、こだわりながら、下駄をつっかけて出ていった。植え込みの所まで来て、自分がマサキという神事に使う木のことを知らないことに気がついた。

「おばーマサキやどれかね」

「植え込みの一番端にある丸葉の木でしょ。仏壇に供えるものよ。」

おばーの変わりに、晶子が答えた。仏壇に供えるといえば遠いかすかな記憶がよみがえる。

百三歳でなくなった祖母のカマドーは、豆な性格で毎朝の先祖へオチャトウをかかさなかった。先祖といっても祖父一人が祭られているわけだから、先祖ごとに熱心だという捉えかたは、当たらないかもしれない。結婚まもなく死んでしまった夫を心から偲んでいたのであろう。思い人を六十年かけて偲んでいたのかもしれない。仏壇の花瓶の水をかえ、茶碗を洗い今朝一番の茶をそなえる。それが祖母カマドの日課の始めの仕事であった。

仏壇には、今弟が取りにいったマサキが青々と生けられていたものだった。

ウトーおばーが厄払いの儀式を開始した。

声をだして宣言したわけではないが、老婆の有無をいわさぬ態度が、親族の者たちをうごかした。のろのろと座を立つ者、早く早くと老婆の機嫌をうかがい、せきたてる者さまざまであった。今年七十五歳になる長兄を中心に左右に七人の男兄弟たちが座し、姉妹たちがその後についた。

「おかーさん、ほれはじまるよ。だれかお母さんを連れてきてよ」

次兄が台所と居間を所在無く行き来している母をよんだ。なにごとにつけ、気配りの良い兄である。久し振りの帰省で他の兄弟たちより親への思いやりも深い。母は十人の子供を産んだ。男七人女三人。彼女は子供を沢山産んだが、それより、生活改善のリーダーとしての自負に生きた人である。迷信や被合理的なことには妥協しない。老いて、その主義を頑固に通そうとして、まわりのものを困惑させることしばしばである。

例えば、喜寿の祝いに従姉妹たちから芭蕉の反物が送られた。「素敵なお召し物に仕上げてね」といわれたのに、惜しげもなくロングドレスにしてしまった。

お盆の行事も三日がかりでやっていたのを、自分が婦人会長の時、一日で迎えと送りをやってしまうように簡素化してしまった。法事の香料も五百円と決めてしまった。そんな母なので、夫の法事を、親戚の者があつまって昔ふうに進めていくのが気にいらないのである。口実をつくって儀式への参加を逃れようとしていた。特に村の御願《うがん》ごとを成わいとしているウトーおばーの古くさいやり方が気に入らなかった。

「はい、一人一人とびなさい」老婆が指図したのは、座敷の中央に敷かれたタトウシのような紙の上に所在無く置かれた包丁であった。物騒なものを見つめて、兄弟たちが躊躇していると
「あんたからだ」語気を強くして長兄を指さす。兄は押されるように刃物の上を飛んだ。

「そんなにシカボウ飛びさんてん」と老婆のくちが少しほころぶ。晶子は隣に座している親類のおばーにそっとささやいた。

「おばーこれはどの家でもやるの」

「このごろは、しない家が多いようよ。ウトーおばーはやりたくてたまらないのさ」

刃物の上をまたぐのは、死者との別れを毅然とおこなうものらしい。未練を残さずに成仏してほしいということなのであろう。

晶子の番がきた。股でもさかれる気がして、思わず膝をすりつけてとんだ。これだけでも、充分と思えるのだが、老婆はしつように段取りどうり進めていく。次に老婆は、居並ぶ兄弟たちをマサキで叩いていった。

バサ、バサ、という音がひどくおおきな音にきこえる。はじめ両の肩を、そして脳天を厳しく打つ。呪文を唱えながら、付き物をはらう。熱心というより、もはや陶酔の境地だ。

はじめ晶子は十人もの兄弟が一列に並ぶ壮観さにみとれ、幸福な気分にひたっていた。だから、老婆のしきる儀式をパフォーマンスに付き合うという程度に、他人事のように眺めていたのである。

平素とにかく両親の頭痛の種を乱造し、まとまりのない男兄弟たちが、生まれて初めて居並んでいる。はじめてではないにしても、皆が幼かったころ一時十三人の大家族であった記憶から久しい。体格のいい七人の男たちが正座している姿は壮観である。立派過ぎる分、無念の思いを込み上げさせられた。何故なら、父は一人子で孤独であったから、「一人子の百人ガーイ」といって村の大人たちの願いを受けて、十人もの子供をつくったのであった。村では、一人っ子が子孫繁栄することをそういっていた。子供は宝だという考えがあったので、寂しい家族にたいする、れんびんと慰めの意味が込められていたのであろう。実際父は自分が感じた寂しさを子供達には味あわせたくないと言っていた。戦時中の生めや増やせよの時はもとより、戦後のその日暮らしにも事欠くおりも、次々母を妊娠させた。

七人の男子と三人の女子。合計十人である。父は、祖父の死んだカナダへ行って祖父の航跡をたどってみたいというのが夢であった。しかし十人の子供を育てるために、全員大学進学させるために赤貧の生活を余儀なくされた。子供たちの中から、「誰か行ってほしい」と願いを子供たちに託した。しかし、子供達の中に金もうけにたけた子は一人も出なかった。今だに父の願いははたされず、あの世へ送り出してしまったことが晶子にはくやまれる。以前、晶子の娘がいけるかもしれないと言った時次のような手紙をよこしたことがある。

謹啓
葉月《はづき》がアメリカ旅行をすると知り喜んでいます。

カナダには倉太おじいさんと一緒に移民した大村義清さん、妻ツルさん、長男ジム君其他の子供がいますが、カナダ通の人々の話では県人会、日本人会にも顔を出さず完全に、生まれ家、生まれ故郷、県、国を忘れているようです。

戦後（昭和二十五年）義清さん夫妻はアメリカ軍用機で始めて帰郷されたが、焼けた東京を見てそれから大宜味の姉の家に行き一泊して帰られたようです。その時大宜味の姉の家でお会いした時「父倉太を葬った場所は大きな都市になり場所を捜し当てることは出来なかった」と母に言っていました。

そう言う人々だから奈津子にさがし、訪ねることはやめたほうがよいだろうと話して下さい。

カナダに行くことがあったら、カナダの土地のどこかでおじいさんへ、来た報告と、冥福を祈って下さるようお願いします。

葉月の旅行に行く期日が決まったら、早目に知らして下さい。少しでも餞別金を送りたいと思っています。

念の為カナダでの倉太おじいさんの話を書いて送りました。

九月二十日

倉吉

千代

晶子様

父の前でこんな姿を一度でいい見せてほしかった。百歳にあと一息という所で、あえなくこときれた父のその一月の分は、このひと達のせいだと思えてならなかった。祖母の生きた年齢の百三歳まではせめて元気でいてほしかった。この人たちの行状を少し慎めば可能な歳月に思えた。

長兄は、父の十人の子供たちの中で最も期待のもてる息子であった。戦後出来た新制中学、またハイスクールといっていた頃の高等学校でも、成績がトップであった。だから将来は村や後輩達の誇りになるような人物になるに違いないと、村の人たちもうわさした。晶子は「……さんの妹だって」と高校生の女の人達にいわれることがあった。兄への尊敬の気持ちを幼い晶子に語る姉さんたちはだれも兄貴に、好感を持っているようで、そんな兄を誇らしくてならなかった。

そんな兄が（本人はどう思っているかきいたこともないが）不本意な人生を歩きはじめるのは、当時出来たばかりの大学へ入学してからであった。

後々の学生運動に比べれば、たあいのないものかもしれないが、原爆展を開いたり、灯火官制時代に大学のコンセント寮で明かりを消さなかったというような具体的な事実でもって退学処分を受けた。兄は熊本の疎開先から親類の叔父さん達によって大阪に引き取られた経緯がある。広島を見ている者として、原爆展の企画はやむにやまれぬ行為であったろう。またあれだけの戦争を終えたばかりなのに、灯火官制という戦争の記憶を誘う米軍の命令に、承服出来ない気持ちも十分うなずける。しかし、朝鮮戦争勃発、国内にあっては、マッカーサーのレットパージが民主主義の幻想をかき消しはじめたころである。

兄が琉球大学を放校になった時の父の渋苦にみちた顔を晶子は今でも記憶している。大学に呼ばれて出て行った時のバスの中や、ちょっと人が集まる所では、兄たちのうわさで持ち切りで、父は顔を上げて道を歩けなかったという。中には知ったかぶりに親のことにまで言及する者もいたと。父は当時、「芭蕉布の里」で有名な、喜如嘉小中学校の校長をしており、ホームプロゼクトという労作教育のようなユニークな教育をしていて評判が立っていた。経営者としてのいきおいもあった。しかし、兄の件があってから父の学校経営もなんとなくひかえめにしているように見えた。何か事が起きると、物事の本質を抜きにして、ひどく悪者扱いするむきが世間にある。事件の周辺の者がわけもなく傷つけられる。父はその苦しみを味わっている。

晶子が、あの時の父の姿を強く記憶しているのには、わけがあった。兄の件と相前後して、青少年赤十字活動の活発な全県の学校から十余人の生徒が、東京での全国大会とリーダー養成のトレーニングセンターに参加することになっていた。喜如嘉校からも晶子が代表として決定していたからである。米軍統治下にあった沖縄から、民間の者が渡日することは難しい時代であった。すべてに交流がない時代の先がけのＪＲＣ全国大会への参加であった。費用は全部、あちら持ちであったが、支度金と小使いの工面に両親は苦労したようだ。当時の教員の給料は現物支給のたばこや缶詰から現金に変わってはきていたが、あまりの薄給に、やめて、米軍基地の雇用員になっていく者が多かった。そんな時代背景があったから、晶子は経済的理由で千載一隅の機会を実現できるかあやぶまれていた。そんな時にふってわいた兄の件である。米軍の強い圧力がおよばないとも限らない。しかし中学三年生の晩手《おくて》の少女は、そんな世の中のしくみは深く理解していなかった。泊ふ頭から赤十字の先生方や、家族に送られて船出した時は、はじめて見る「日本」という国への期待で、兄の怒りも、父の無念も、全く意識の外になっていた。

晶子たち青少年赤十字の一行は、本土の見る物、聞くものすべてに興味をそそられた。それ以上に、本土の人たちから興味と好奇の目で歓迎された。新聞記者との問答は今でもおぼえている。

「こちらの印象は」

「コンコンと緑がしたたるようです」。この言葉は焼土と化した那覇から東京の街路樹を見、また、公園にも、家々にも必ず樹々が生い繁っていることへの素直な感動の言葉であった。記者はけげんな顔をしていた。

「沖縄は英語で話すのでしょ。みなさん日本語が上手ですね」

この質問は、こちらが答えに窮した。次の質問はもっと晶子を困惑させた。

「沖縄では牛肉と豚肉とどちらが重宝されますか」晶子が唐突な質問にけいかいし

て答えずにいると
「あなたは牛と豚とどっちが好きですか」ときた。

「豚です」思わず口をついて出てしまった。

どんな意図があっての質問か、見当もつかなかった。

案の上「やっぱりね」という不快な言葉がその記者の口をついて出た。その記事は翌朝あちらの新聞に出た。

全国の青少年と交流した。各国の代表たちと富士山のふもとの御殿場でキャンプをした。この時は田舎出の少女をどんなにか飛躍させてくれたことか。静岡県の沼津中学、兵庫県の桐木中学とも交換会をした。ボランティア精神、博愛の心を学んだ。リーダーの訓練を受けた。

晶子は以後教職につくまで、ずっと青少年赤十字の夏季リーダー研修会のスタッフとして活動した。しかし、県代表で、本土へ派遣される段になると決まって立ち消えになった。米軍のブラックリストに乗っていると、晶子はだんだんうたがいを深くしていった。

兄に端を発した、さしさわりは時々晶子を窮地に追いやった。女性も伸びられる、いい時代に生まれたのだからと努力するが、行く手をはばむものがあって、植物がかすかな光を求めて、はうようにもがくことの多い晶子の人生である。

次兄は、東京で電気工事店を経営していたが、母親ゆずりの低血圧のためデパートの高所の作業中立ちくらみで、転職。今は奥さんの古里茨城に住んでいる。情の深い人で、季節の果物をよく送ってくれる。実家に金があれば、何か、着実に仕事の出来る人なのだがと、一円なりとも援助出来ない不がいない自分を晶子は嘆く。金はない、低血圧、だが、家族がまとまって、その点なんの心配もない。いい伴侶をえた。

三男は、夫婦仲がうまく行ってなくて、両親の寝れない夜を幾日かはそのことに原因がある。嫁も気丈夫のがんばり屋でいい人なのだし、弟も晶子から見れば、兄弟の中では性格が良くて、中、高校の頃の明るくて、ムードメーカーの要素を発揮していた姿は今でも忘れない。野球をしている時も外野で元気に声を出していた。嫁さんの言い分を聞くと、「こんな男離婚しなさいよ」と言いたくなるたちの悪さだ。しかし晶子は二人とも悪い自分を一生懸命はき出している感じである。彼女があんなだから、彼がこうなる。彼がこうだから彼女がこうするという具合に、際限のない戦いをくり広げている。どこかの国の民族対立によく似ていると思う。父親が、そのことで不眠症になっていると母から相談を受けたことがあった。晶子もいつ、どんなことを言えばいいのか考えて、ねむれない日が続いた。ある日二人を紹介したおばに相談したら「五十歳近い大人に意見ることは出来ない。自分たちの責任で別れるなりすべきだ」とはっきり言われた。晶子としては全く相性の合わない二人をくっつけた責任をおばに感じてほしかったのであったが、言われて見れば、決めたのは大人の二人なんだから、惜別も二人で決めてしまえばいいわけだし……と少し気がらくになった。でも晶子も世話好きで三組もカップルを誕生させたが、弟夫婦を見て、人を結びつける責任の重大さを感じて、一切やめてしまった。

四男は、四十も中半過ぎてまだ独りということが両親の心配の種。

五男は、東京芸術大学の大学院に入るつもりで教職をすてて上京したが、大学の巨大なしがらみに門前払いをくって傷ついて故郷で自力で絵を描いている。本土の展覧会にもたびたび入選し、県展でも県知事賞をもらっているが、彼の絵はうれる絵ではない。普通の人には「わけのわからない」絵の部類である。買わない、売らないだから生活のよりどころは両親の慈悲にすがって食い扶をたまわっている。父の一番の心配はおそらく五男坊にあったのではなかったか。芸術家特有の偏屈さがあり、地域の行事の日も絵に没頭し、参加しない。父は教育者として、村の人への顔が立たないとこぼしていた頃もあった。

六男は、妻選びで両親をひどく心配させた。一筋なわではいかない人を好きになり、相手の親に反対され、こちらの兄弟たちも、やめてくれと反対した。父が那覇で二日泊まったのはその時である。弟を説得するために上那覇し連日兄弟たちが相談仕合った時だ。

七男は、唯一金もうけに興味のある弟で、兄貴たちの不甲斐なさに奮起して、東京で、株をやったり、不動産関係を手広くやって、乗りに乗っていたが、平成四年のバブルがはじけた時に、すっからぴんになって、父に助けを求めてきた。気の弱い父はネクマ頂《チヂ》の山林を処分しようと決心して見積りを出させたら、辺境の地ゆえ二足三文にもならないことがわかり、とりやめになった。たとえ処分しても、七男の借金には焼け石に水であった。

女姉妹三人は、平凡だが、着実な道を一応歩いていた。晶子はどうして、あんなに立派な父の息子たちが、どこか違うんだろうと思う。後姿を見て育つという言葉は、ここでは、通用しないようなのである。そんな、さめた気持ちで法事の締め括りの儀式に連座していた。

突然老婆が獣のような呻き声をあげた。ぎくりとする間もなく、老婆の呪文にしめあげられ、かなしばりにあった。青いそだから火花が吹くのではないかと思う。晶子の中のさめた目か、理性かまた、批判かを老婆は見抜いたにちがいない。とにかく脳天を激しく打たれ、初め痛く感じ、すぐ心地よさのなかにくずおれていった。沈んで行く意識の端に、晶子は祖父倉太の無念の思いを秘めたロッキー山脈の雪景色を見た。「父の願い」が脳裡をかすめていった。

あとがき

大宜味村根路銘で生を受けました。しかし両親が教職にあり、転勤族で、久志村や名護市安和で過しました。国民学校一年の時は、日本が第二次世界大戦、わけても沖縄戦へ突き進むのを肌で感じられる環境でした。校舎には兵隊が駐屯、運動場に防空壕が掘られ、その上にカムフラージュのキャベツなどが植えられていました。兄二人は熊本へ学童疎開。私は祖母、母、弟達と山原の山へ。三ヶ月の逃避行は、艦砲の恐怖と空襲の恐怖に加えて飢えとの闘いでした。持参した食料が尽き、ツワブキや野草を食して生き延びました。

戦後、父が喜如嘉校の校長の任に着き、しかも、転勤もなく十数年深山幽谷の地、豊かな稲田を前にした住宅で、琉球大学への進学のため首里の大学寮へ。

喜如嘉では、洋子さん律ちゃん幸子さん達と川遊びをし、橋の上から川へ飛び込みをしたり、海で泳ぎ溺れそうになったり、野山で苺やグミ、テカチの実をおやつにして遊びました。

大学文芸部の先輩で首里のゆかりの人との結婚を機に那覇で暮らすように……。そうそう、彼が母親を伴って山原の私の両親に会いに来られた時の言葉が語りぐさです。

「ナーハンカイ、イナゴーイッペーウフクウイルムヌ、アガトーカラナー」(那覇にも女は沢山いるのに、よりによってあんな遠くからなの…)と。歴史的に、昔の首里那覇の方々は北部の者を下賤視する傾向があったようで、たしかにお母様がおっしゃる通りだと思えるし、「縁は奇なもの」と言うしかありません。

父母の住む、ふる里を思わぬ日はありません、繁多川や真地方面から首里へ所用で出掛ける時、高速道路入口の給油所前へさしかかると、いやでも「高速道路入口↓」の文字が目に留まります。父母の居ますやんばるへの近道です。今は両親共天国へ旅立ちましたけれども。

ふる里やんばるを思うと、石川啄木の歌がするすると口をついて出て参ります。

○ふる里は遠くにありて思うもの
　思い出の山思い出の川
○ふる里の山に向いて言うことなし
　ふる里の山はありがたきかな

もちろん啄木ほどの才覚はありませんが、小説でやんばるを書いて参りました。その中から三作をまとめ一冊にして出版。御高覧戴ければ嬉しゅうございます。

○山河にはぐくまれ育ちし我
　野苺を口染むるまで食したり

喜舎場　直子

喜舎場直子（きしゃば・なおこ）
1938年1月生まれ。那覇市在住。
1985年「女綾織唄で第11回新沖縄文学賞受賞。同年、
「ジュリオの涙」で第9回琉球新報短編小説賞佳作。
著作に『オキナワ島々の物語』『志乃の花笠』
小説「亜熱帯」同人

女綾織唄

二〇二〇年一一月一二日　初版第一刷発行
著　者　喜舎場直子
発行者　喜舎場直子
発売元　沖縄タイムス社
那覇市久茂地二―二―二
電　話　〇九八―八六〇―三五九一
ＦＡＸ　〇九八―八六〇―三八三〇
印刷所　精印堂印刷
定価はカバーに表示しています。
ISBN978-4-87127-700-6
C0093 / 1500E